처음이라 그래 며칠 뒤엔 괜찮아져

평양냉면

처음이라 그래
며칠 뒤엔 괜찮아져
배순탁

모든 냉면은 인간 앞에서 평등하다.

평양냉면에 대해서라면 저도 조금 할 말이 있습니다. 왜냐하면, 그냥 단순히 무척 좋아하니까요. 평양냉면을 좋아하는 사람들은 거의 모두가 한결같이 이렇게 말씀하시곤 합니다. 처음에는 무슨 맛인지 몰랐다고, 하지만 눈 딱 감고 세 번쯤 먹어보았더니 신세계가 열렸다고. 그런데 저는요, 처음부터 맛있더라고요. 맹점은 함흥냉면 역시 맛있었다는 사실입니다. 물론 함흥냉면보다 평양냉면을 조금 더, 아니 훨씬 더 맛있다고 느끼기는 하지만요.

냉면을 두고 굳이 편 가르기를 하려는 것은 아닙니다. 그저 세상에 존재하는 거의 모든 종류의 면을 좋아하는 사람으로서 저도 슬쩍 이 책에 조금 숟가락, 아니 젓가락을 얹어보려 합니다.

엄밀히 말해 냉면은 추울 때 먹어야 별미인 음식이므로 이 책도 여름 아닌 겨울에 출간해야 마땅하다는 의견이 있었어요. 그러나 냉면은 겨울에 먹어야 '찐'일지 몰라도, 냉면 이야기는 여름에 읽어야 마땅하다는 생각은 분명했습니다. 라디오 신청곡으로 많이 온다는 "시원해지는 음악" 같은 건 없는 것처럼, 냉면에 대한 글을 읽는다고 해서 "실내 온도의 하강에 조금도 기여할 수 없다는 진실"은 다르지 않겠지요.

그래도 뜨거운 여름의 절정에서 조금 시원해진 것 같은 기분이나마 느낄 수 있다면 이 책의 소임은 어느 정도 한 것이 아닐까 생각해봅니다.

그런데 말입니다. 잘 아시겠지만 평양냉면은 대체로 입안이 얼얼해진다거나 머리가 띵하게 아프다거나 할 정도로 차갑지 않죠. 국물의 절반이 얼음인 여타 냉면과 비주얼부터가 다릅니다. 아주 은은한 살얼음 정도가 표면에 얼핏 서려 있고, 그마저도 조금 먹다보면 금세 사라지고 말더라고요. 아예 처음부터 얼음이라곤 전혀 보이지 않는 평양냉면도 보기는 많이 보았습니다. 시원하긴 하지만 차갑지는 않은 적당한 온도. 마치 슴슴하다 못해 밍밍하기까지 한 육수의 은근한 매력과도 일맥상통하는 것 같죠.

그러니 우리, 이 여름을 무사히 관통하여 가을을 지나 냉면 먹기 제격인 겨울 어느 날에 도착했다가 새로운 봄을 거쳐 다시금 뜨거운 여름을 만날 때까지, 언제든지 냉면이 생각나면 기꺼이 냉면을 먹으며 이 책을 펼쳐보기로 해요. 그러는 사이에 시간은 착실하게 흐르고 계절은 정직하게 다음 순서를 기다릴 테니까요.

Editor 김지향

차례

냉면을 경유한 유쾌한 농담

냉면. 한자로 하면, 찰 랭(冷) 국수 면(麵). 사전을 찾아보니 '차게 해서 먹는 국수'라 적혀 있다. 뭔가 이상하다. 어딘가 설명이 좀 부족한 듯해 곱씹어 보니 다음 단어가 빠져 있다는 걸 깨달았다. 바로 '국물'이다.

그렇다. 국물이 자작한 스타일, 예를 들어 비벼 먹거나 면을 장(醬)에 찍어 먹는 경우는 그것이 아무리 시원하다고 해도 냉면이라 부르기엔 좀 곤란하다. 적어도 나에겐 그렇다.

물론 나도 안다. 전국 각지에서 서식하고 있는 비빔냉면의 수호천사들이 일제히 봉기할 것임을 모르지 않는다. 나도 비빔냉면을 먹지 않는 건 아니다. 가끔씩 매콤한 게 당길 때가 있는데 그럴 때마다 비빔냉면은 영순위 후보다. 떡볶이와 함께 매콤계의 절대존엄이다. 그럼에도, 냉면이라고 한번 발음해 보라. 제법 근엄한 표정을 지어도 좋다. 어떤가. 시원한 육수 한 그릇이 자동 연상되는 걸 부정할 순 없다. (나를 포함해) 일주일에 최소 나흘 이상 해장이 절실한 술꾼에게는 더욱 그렇다. 육수 리필은 선택 아닌 필수다.

먼저 고백할 것이 하나 있다. 이것은 완벽한 나의 실수라는 거다. "평양냉면에 대해 써달라."는 편집자의 제의를 처음엔 그냥 덜컥 받아들였다. 그동안 겨우 꾹꾹 눌러놓았던 '어떻게든 되겠지' 정신이 나도 모르는 새에 틈을 비집고 솟아오른 결과였다. 그러나 '어떻게든 되겠지'는 곧 참패했다. 이 시리즈가 연이어 발간되고, 여러 다른 필자가 쓴 센스 넘치는 글을 보자마자 '어떻게든 되겠지' 선생은 자기의 실수를 인정하고 우주 저편으로 줄행랑을 쳤다고 한다. "맹세코 다신 돌아오지 않겠다."는 유언을 비장하게 남기고.

그렇다고 해서 방심은 금물이다. '어떻게든 되겠지' 선생은 다시 예고도 없이 우리 삶에 침입할 것이다. "내가 언제 그런 말을 했냐?" 하면서 뻔뻔한 얼굴로, 입 싹 닫고 후회와 번민의 계곡으로 다시 나를 빠트리려 할 게 분명하다. 그렇다면 당신은 다음처럼 반문할 수 있을 것이다. 이 책을 쓰는 과정이 고통스러웠냐고.

꼭 그렇지만은 않았다. 변명하려는 게 아니다. 나는 '대상에 대해 글 쓰는 행위'가 본질적으로 동일하다고 믿는 쪽이다. 음악에서 냉면으로 겨냥하는 과녁이 변했을 뿐, 글이 잘 풀릴 때는 즐거웠고 그렇지 않을 때는 게임을 했다. 맨 위에 '냉면' 두 글자를 타이핑한 뒤로 여기까지, 꽤나 술술 써져서 현재 스코어 퍽 즐거운 상황이라고 한다. 그러니까, 음악에 대해 쓸 때도 마찬가지라는 거다. 잘 써지면 좋고, 잘 안 써지면 게임을 한다. 내 오랜 버릇이다.

물론 결정적인 차이가 존재한다. 나는 요리사가 아니라는 거다. 요리를 잘하지도 못한다. 평양냉면 육수 만들기나 메밀 면 뽑기 같은 건 언감생심 꿈도 못 꾼다. 음악은 좀 다르다. 아니, 많이 다르다. 아니, 많이 달라야 마땅하다. 갑자기 식은땀이 흐른다. 어쨌든 직업이 음악 평론가인지라 깊이 있게 공부하려 노력한 건 사실이다. 이 정도는 자부할 수 있다. 대중음악의 역사를 공부했고, 이를 바탕으로 책 몇 권을 썼다. 대학에서 영어를 전공한 덕에 두꺼운 전문 서적도 한 권 번역했는데, 번역서로는 드물게 많이 팔렸다고 전해진다. 이 별것 없는 인생을 통틀어 꽤나 뿌듯한 성취들 중 하나다.

평양냉면을 포함한 냉면에 대해 나는 전문적으로 아는 게 별로 없다. 그냥 많이 먹어본 애호가 정도에 불과하다. 따라서 이 책을 통해 냉면에 대한 심도 있는 분석이나 우레와 같은 깨달음을 구하고 싶다면 이제 그만 책을 덮어도 좋다. 당신은 그럴 자격 있다.

만약 이 책이 운 좋게 최선의 경지에 다다를 수 있다면 그것은 냉면을 경유한 유쾌한 농담이나 가벼운 정신의 스트레칭 비슷한 것일 게다. 부담 없이 쭉 읽다가 괜찮은 문장이 드물게 나오면 고개를 끄덕이게 되는 그런 책 말이다.

비유하자면 잡담의 순기능이다. 때로 잡담을 무시하는 사람이 왕왕 있는데 그러면 안 된다. 잡담은 무한한 가능성을 쥐고 있다. 가히 언어의 빅뱅이다. 그렇지 않나. 별 시답잖은 잡담을 하면서 이런저런 아이디어를 추수하는 경우, 의외로 많다. 누군가는 이를 통해 삶의 활력을 얻기도 한다. 나는 김정호가 아니다. 이 책으로 냉면여지도 같은 역사적 성취를 이루겠다는 욕망 따위 조금도 없다. 그럴 능력은 더더욱 없다. 이 책은 그냥 내가 독자에게 잡담 비슷한 걸 걸어보려고 창조한 공간이다.

그러니까, 냉면 얘기 한참 하다가 잠시 샛길로 새더라도 놀라지 마시라. 잡담의 묘미, 바로 샛길로 새는 데 있는 거 아니겠나. 그 샛길에서 우리는 때로 이전까지 몰랐던 무언가를 깨닫게 되기도 한다. 물론 그것이 인생의 의미 같은, 거대한 철학적인 물음표에 대한 대답일 리는 없다. 그냥 인생의 잔재미 비슷한 거다.

나는 이런 잔재미를 많이 보유할수록 행복의 총량이 증가한다고 거의 확신하는 쪽이다. 친애하는 김세윤 작가의 표현 그대로 우리는 마땅히 '재미핥기'가 되어야 한다. 그래야만 한다. 그 와중에 약간의 의미 또한 건져 올릴 수 있다면 금상첨화일 것이다. 이 책이 정확히 그런 성취를 이루어낼지는 모르지만 부디 그러기를 바란다.

서두를 어떤 주제로 열까 고민이 많았다. 그러다가 마치 돈오(頓悟)처럼 번쩍거리는 아이디어가 떠오른 건 아니고, 순탄하게 가는 게 역시 최고일 것 같아 다음과 같이 정했다. 이른바 냉면에 대한 노래들이다. 내가 가장 잘 아는 것과 현재 잘 쓰려고 노력하고 있는 것, 두 개를 합친 셈이다.

실내 온도의 하강에 기여하지는
못하더라도

나는 기본적으로 겨울을 선호하고, 여름을 싫어한다. 무덥고 습하면 밖으로 나가기가 두려울 정도다. 그래서일까. 냉면을 애정하듯 커피도 아이스 아메리카노만 마신다. 북극이나 남극에 가게 되지 않는 한 아무리 추워도 아이스 아메리카노를 고집한다. 정말이다. 나는 '얼죽아'가 유행어로 자리 잡기 훨씬 전부터 얼죽아를 실천해온 선구자들 중 한 명이다. 증인도 여럿 있다. 바로 〈배철수의 음악캠프〉 스태프들이다. 커피를 주문할 때 나한테는 메뉴를 묻지도 않는다. 답정얼죽아인 까닭이다.

만약 오늘 날씨가 30도를 훌쩍 넘었다고 가정해 보자. 그런데도 사람들은 마스크를 착용하고, 기어이 외출을 감행한다. 냉방 잘 되는 커피숍에서 친구를 만나거나 혼자 여유를 즐긴다. 밀린 공부를 하거나 리포트를 쓰는 사람도 보이고, 누군가는 스마트폰이나 태블릿 PC에 얼굴을 파묻고 드라마에 푹 빠져 있다.

그러나 시원하기로 따지자면 전국에서 방송국이 최고다. 글쎄. 은행 정도는 되어야 겨우 경쟁 상

대로 명함을 내밀 수 있지 않을까 싶을 정도다. 이유
는 단순하다. 값비싼 방송 장비가 열을 받으면 안 되
기 때문이다. 여름에 지독히도 약한 나는 오늘도 기
계느님의 보살핌 아래 시원함을 은총 입는다.

라디오 생방송 중 가끔 다음과 같은 문자를 받
고는 한다.

— 시원해지는 음악 좀 틀어주세요.

우리는 잘 알고 있다. 실내 온도의 하강에 음악
은 조금도 기여할 수 없다는 진실을 말이다. 과연,
진실은 대개 잔혹하다. 인생의 진리다. 그럼에도, 청
취자들은 기어코 외출을 감행하는 것과 비슷하게
'마치 그런 곡이 어딘가에 존재할 것이며 아마 디제
이는 알고 있지 않겠냐'는 투로 신청곡을 보내고야
만다.

뭐 어쩌겠나. 어떻게든 그럴싸한 근거를 대면서
음악을 골라 틀어주는 건, 방송일 하는 사람의 숙명
과도 같다. 물론 큰 위기감을 느끼지는 않는다. 라디

오에 관한 만화 『파도여 들어다오』의 대사에도 나오듯이 "라디오의 좋은 점은 청취자들이 기본적으로 호의적"이라는 데 있는 덕분이다. 그들도 '음악이 실내 온도의 하강에 조금도 기여할 수 없음'을 다 알고 신청한다는 뜻이다.

중요한 맹점이 하나 있다. 내가 24시간 방송국에 있을 수는 없다는 거다. 만약 방송국 밖이라면 내가 더위를 이겨내는 방법은 크게 두 가지로 나뉜다. 바로 냉면과 맥주다. 하긴, 비단 나뿐만은 아닐 것이다. 냉면과 맥주는 대부분의 사람에게 여름을 극복하는 가장 긴요한 자원으로 쓰인다. 여름만 되면 냉면집 앞에서 벌어지는 줄서기 전쟁을 한번 보라. 저렇게까지 줄을 서서 먹을 일인가 싶지만 냉면에는 아주 훌륭한 장점이 하나 있다. 후루룩 먹는 데 시간이 오래 걸리지 않는다는 것, 따라서 줄서기가 생각보다 수월하다는 점이다.

이 지점에서 내가 분명하게 짚고 넘어가고 싶은 것이 하나 있다. 평양냉면을 가장 선호하기는 하지만 내가 여타 냉면을 낮게 취급하는 것은 아니라는 점이다. 가끔이기는 하지만 분식집 냉면이나 함흥냉면도 아주 잘 먹는다. 막국수나 밀면도 기회가 될 때마다 즐기는 편이다. 다만 먹는 횟수의 비율 면에서 평양냉면이 압도적으로 높을 뿐이다. 그러니까 명심하기를 바란다. 모든 냉면은 인간 앞에서 평등하다는 엄숙한 진실을.

어쨌든 여름이 되면 사람들은 기다렸다는 듯 평양냉면집 앞에 길게 줄을 선다. 주방은 당연히 풀 가동이다. 직접 구경은 못해봤지만 필시 전쟁터를 방불케 할 것이다. 결과는 뻔하다. 아무리 최선의 노력을 다해 한 그릇을 빚어봐도 다른 계절에 비해 완성도가 떨어질 수밖에 없다. 따라서 여름에는 되도록 평양냉면을 찾지 않는 게 상책이지만, 더워 죽겠는데 그럴 수는 없는 노릇이다.

우리는 감내해야 한다. 한번 상상해보라. 이 세상에 오로지 훌륭한 음악만이 존재한다고 머릿속에 그려보라. 어쩌면 끔찍할 것이다. 훌륭함이 더 이상은 훌륭함으로 다가오지 않을 것이다. 논쟁도 없을 것이다. 재미도 없을 것이다. 가끔 운 좋게 얻어걸리는 짜릿함도 없을 것이다. 여름에 평양냉면을 먹기로 마음먹었으면 먹는 쪽도 최선의 한 그릇은 포기하고 가는 게 맞다. 대신 가을이나 겨울에 가서 먹으면 그 기쁨, 몇 배가 되리라는 걸 기억하면 된다.

　사계절 내내 동일한 맛을 제공하는 건 맥도날드 정도뿐이라는 걸 명심하자. 배철수 선배님이 광고해서 이러는 거 절대 아니다.

대체 이걸 왜 먹는 거야

자, 이제 드디어 음악 얘기할 시간이다. 평양냉면 하면 곧장 떠오르는 노래는 역시 이 곡, '씨 없는 수박 김대중'이라는 뮤지션이 부른 〈300/30〉이다. 블루스를 기조로 한 이 곡에서 씨 없는 수박 김대중은 월셋방을 전전하는 우리 시대 청춘의 비참한 현실을 흥미로운 스토리텔링으로 노래한다. 노래 속 주인공은 신월동, 녹번동, 이태원 등으로 집을 구하러 돌아다니는데, 아뿔싸 300에 30으로 구할 수 있는 건 고작해야 손을 뻗으면 비행기 바퀴가 잡힐 것만 같은 옥탑이거나 방공호라고 해도 과언은 아닐 지하 단칸방뿐이다.

그 와중에 씨 없는 수박 김대중은 각 단락의 마지막에 "평양냉면 먹고 싶네."라는 구절을 반복적으로 집어넣어 듣는 이를 슬며시 웃음 짓게 한다. 이게 바로 이 곡이 지닌 매력의 본질이 아닐까 싶다. 희극과 비극의 경계에 서서, 그러니까 찬가와 비가 사이의 어딘가에 자연스럽게 위치하면서, 그 모호함을 통해 도리어 인상적인 페이소스를 길어 올리는 곡이다. 그 유명한 찰리 채플린도 말하지 않았던가. "인생이라는 건 멀리서 보면 희극이지만 가까이서 보면 비극."이라고.

다음처럼 설명할 수 있을 것 같다. 어린 시절의 나는 자기 확신으로 가득 찬 나머지 직선의 쾌감으로 질주하는 음악을 사랑했다. 헤비메탈이 대표적일 것이다. 한데 나이가 들수록 자신이 창조한 사운드 속에서 갈지자로 방황하고, 고뇌하고, 심지어 뭔가 주춤하는 듯 들리는 노래가 좋아진다. 그게 바로 인생임을 이제는 좀 알 것 같기 때문이다. 〈300/30〉이 바로 그런 노래다.

'스텔라장'이 발표한 〈평양냉면〉이라는 곡도 있다. 이 곡은 일단 가사를 먼저 봐야 한다.

별로였던 새까만 얼굴이 참 순해 보이네/ 어두웠던 커다란 그 옷으론 못 속이네/ 눈엔 안 차는데 자꾸 맘이 가/ 뿔테 안경은 싫어/ 옷 스타일도 싫어/ 머린 괜찮은 것 같아/ 아니 싫어

이후 두 번째 후렴구에서 노랫말은 이렇게 변한다. 즉, 평양냉면 같은 사람을 노래한 것이다.

뿔테 안경도 좋아/ 옷 스타일도 좋아/ 머린 괜찮은 것 같아/ 그래 좋아/ And now I'm stuck/ (중략) 난 이미 빠져버린 것 같아요/ 이러는 내가 정말 바보 같아요

평양냉면 애호가들이 공통적으로 증언하는 게 하나 있다. 처음엔 진짜 별로였다는 거다. 그런데 이상하게 자꾸 생각이 나서 한 번 더 경험하고, 이 과정이 반복되면서 평양냉면에 푹 빠지게 되었다는 거다. 나도 그랬다. 나는 인생의 첫 평양냉면을 염리동 '을밀대' 본점에서 경험했다. 그런데 한 젓가락 뜨고 육수를 마셨을 때, 하마터면 나를 데리고 갔던 직장 상사를 때릴 뻔했다. "맛집이라며? 장난쳐?" 농담이고, 이에 관한 얘기는 뒤에서 자세히 하도록 하겠다. 요컨대, '누적의 힘'이다.

이 외에 평양냉면에 관한 곡을 더 찾기 위해 멜론에 접속해서 '평양냉면'을 검색해봤다. 코미디언 유세윤 씨가 배우 정상훈 씨(aka 양꼬치엔 칭따오)와 함께 발표한 〈평양냉면〉이라는 곡이 맨 위에 뜬다.

인기 곡이라는 뜻이다. 이 노래도 가사를 먼저 읽어
본다.

처음 만났을 때 그 맛은/ 워셔 니 맛도 내 맛도
난 참 아니야 (중략) 처음엔 쉽진 않았지/ 너를 시작
한단 것이/ 평양이란 이름 때문에/ 간첩이란 오해 받
을까 봐 두려워/ no pain no gain/ no 겨자 no 식초

이 곡의 장르는 굳이 따지자면 알앤비에 가깝
다. 물론 이건 조금도 중요하지 않다. 차라리 알앤비
는 웃음을 더욱 증폭하기 위한 장치에 가깝다. 그중
에서도 중요한 건 마지막 문장이다. 맞다. 겨자와 식
초는 절대 안 된다는, 평양냉면계의 오랜 프로파간
다다.

과연 그럴까를 질문해보다가 갑자기 이와 관련
한 에피소드가 하나 떠올랐다. A는 평양냉면 마니아
였다. 그 어떤 분야든 마니아는 열정으로 넘치기 마
련이다. 마니아가 곧 전도사로 스윽 하고 변신하게
되는 것이 이야기의 바탕이다. A는 의욕이 불타올랐

다. 평양냉면의 깊은 맛을 친구에게 알려주겠다는 사명감으로 충만했다. 날을 잡고 친구를 단골 평양냉면집으로 데리고 갔다. 을지로에 위치한 '을지면옥'이었다.

친구는 냉면 국물을 살짝 들이켜더니 급하게 식초와 겨자를 찾았다. 그러고는 넣고, 마셔보고, 넣고, 마셔보고를 반복했다. 친구의 표정은 그의 속내를 고스란히 반영하고 있었다. "대체 이걸 왜 먹는 거야?" 그러고는 다시 넣고, 마셔보고, 넣고, 마셔보고를 반복했다. 친구는 갈급했다. 대체 여길 왜 데려온 건지 도무지 이해할 수가 없었다.

그 모습을 본 A는 이렇게 말했다고 전해진다.

"네가 어떤 걸 원하는지는 알겠는데 아무리 용써봤자 그 맛은 절대 안 나올 거야."

힘들 때 우는 건 삼류라 했다. 힘들 때 참는 건 이류라 했다. 진정한 일류는 힘들 때 웃는다고 했다. 친구는 일류가 되고 싶었지만 도저히 그럴 수 없었다. 최선을 다해봤자 자신은 이류였다. 그저 인내하면서 최소한의 배고픔만 사라지도록 대충 때우자는 마음뿐이었다. 그날 친구는 평양냉면 절반 이상을 남겼다. 신묘한 육수의 영력(靈力) 역시 경험하지 못했다. 이후 다시는 평양냉면을 입에 대지도 않았다는 전설이 내려온다.

서로 존중함으로써 우리의 다름은
평안함에 이른다

맨스플레인(man+explain)에서 파생한 조어 '면스플레인'이라는 말이 유행한 적 있었다. 그 대상은 평양냉면이었는데, 주요한 골자를 풀어보면 다음과 같다.

"평양냉면을 먹을 때는 왕도가 있고, 이 왕도를 거스르는 행위를 불허한다. 거스를 경우 사파(邪派)로 간주한다."

그렇다면 이 왕도가 무엇인지 우리는 알아야 한다. 한데 그 속내를 들여다보면 별것 없다. 겨자, 식초 넣지 말라는 거다.

그 이유 역시 남루하기 짝이 없다. 평양냉면은 순수의 상징이고, 겨자와 식초는 이 순수성을 해치는 이물질이라는 주장이다. 그렇다면 묻고 싶다. 내가 알기로 꽤 많은 평양냉면집에서 육고기로 정성껏 육수를 내더라도 최후의 단계에 MSG를 넣는데, 이건 대체 어떻게 취급할 것인지 말이다.

기사를 찾아보면 북한에서 출판된 평양냉면 요리책에도 마지막에는 '맛내기 조금'이 들어간다고 쓰여 있다고 한다. 맛내기는 MSG, 즉 조미료의 북한 말이다. 물론 MSG가 건강에 좋지 않다는 건 과학적으로 증명된 바 없다. 진짜다. 그럼에도, 굳이 따지자면 겨자와 식초보다는 MSG가 건강에 안 좋다는 게 세간의 인식 아닌가 말이다.

이와 관련해 지금부터 나는 조금 진지해질 심산이다. 미리 경고하는데 이제부터 쓰는 글은 내가 봐도 과장된 측면이 없지 않다. 이건 좀 오버다 싶으면 다음 챕터로 넘어가도 좋다.

먼저 내가 《시사인》에 기고했던 다음 글을 읽어보시라. 몇 년 전 글이라 여기로 옮겨오면서 조금 수정 보완을 했다. 싱어송라이터 브루노 마스에 대한 이야기다.

* * *

브루노 마스. 팝 음악에 조금이라도 관심이 있다면, 모를 수가 없는 최고 인기 뮤지션이다. 만약 그 이름이 낯설다면 이 곡부터 감상해보길 권한다.

빌보드 싱글 차트 1위를 기록했고, 우리나라에서도 큰 호응을 얻었던 〈Just The Way You Are〉다.

이 외에도 브루노 마스의 히트곡은 무진장 많다. 애절한 발라드 〈When I Was Your Man〉, 그리고 무엇보다 결혼식 축가로 사랑받은 〈Marry You〉 등이 이를 증명한다. 그중에서도 프로듀서 마크 론슨과 함께 발표한 〈Uptown Funk〉는 빌보드 정상에 무려 14주간 머물면서 2014년과 2015년을 그야말로 휩쓸었다.

히트곡에 기반한 인기뿐인가. 브루노 마스는 시상식에서도 환대받는 존재다. 2018년 1월 28일, 제60회 그래미 시상식의 주인공은 단연 브루노 마스, 그였다. 2016년 발표한 3집 《24K Magic》과 이 앨범의 수록곡 〈24K Magic〉〈That's What I Like〉로 '올해의 앨범' '올해의 레코드' '올해의 노래' 등 그래미의 핵심 부문을 모조리 석권한 것이다.

반발이 없지 않았다. 흑인음악뿐 아니라 대중음악 전체에서 압도적인 존재감을 발휘하는 래퍼 켄드릭 라마가 '또' 물을 먹었기 때문이다. 흑인음악이라 하더라도 랩이 아닌 '가창에 기반한' 곡에 더 높은 평가를 내리는, 그래미의 보수성이 재확인된 순간이었다.

그렇다고 브루노 마스의 앨범 《24K Magic》이 평가절하될 이유는 없었다. 1980~1990년대에 유행했던 흑인음악을 현대적으로 재창조해낸 이 앨범은 레트로라는 관점에서 봤을 때 나무랄 게 거의 없는 훌륭한 작품이었다. 자신이 누구에게 영감을 받았는지를 밝히고, 한 명 한 명 언급하며 존경을 표한 수상 소감 역시 정말 멋졌다.

정작 논란은 엉뚱한 곳에서 벌어졌다. 운동가이자 작가 '세렌 센세이'가 "브루노 마스는 100퍼센트 문화 전용자다. 그는 인종적으로 모호하고, 흑인이 아니다. 그의 음악 역시 흑인음악이 아니다."라고 주장한 것이다. 센세이의 이런 주장은 어느 정도 사실에 바탕을 둔 것이기는 하다. 브루노 마스의 DNA에는 푸에르토리코, 필리핀, 스페인, 유태인 등 다양한 가계의 피가 섞여 있는 까닭이다.

전화를 걸어 묻고 싶었다. 그렇다면 버락 오바마는 어떻게 되는 것이냐고. 같은 논지를 밟으면, 역시나 100퍼센트 흑인이 아닌 버락 오바마는 '정치 전용자'가 될 수밖에 없지 않은가 말이다.

예전에 봤던 어떤 동영상도 떠올랐다. 'DNA Journey'라는 이름의 프로젝트였다. 이 프로젝트에서 자신이 100퍼센트 영국인, 100퍼센트 방글라데시인, 100퍼센트 아일랜드인이라고 확신하는 사람들의 DNA를 조사한 결과, 그들은 전혀 100퍼센트가 아니었다. 세계대전을 벌였다는 이유로 독일을 싫어한다고 밝힌 영국인 참가자에게는 독일인의 DNA가 섞여 있었다. 자신이야말로 100퍼센트 프랑스인이라 자신했던 프랑스 참가자는 결과를 접한 뒤 눈시울을 붉히면서 다음과 같은 소감을 남겼다. "제가 오버하는 것일 수도 있지만 이 실험은 모두가 받아야 한다고 생각해요."

우리 역시 마찬가지다. 100퍼센트 한국인이 결코 아니다. 순수 한민족은 없다. 일단 내 얼굴을 보라. 누가 봐도 조상 중에 바다 저 멀리에서 한 명 치고 들어온 형상이다. 나는 이것을 매우 기쁜 마음으로 인정한다. 이 영상, 혹시 궁금한 사람은 찾아보기 바란다. 한국어 자막으로 보고 싶다면 유튜브에서

"당신은 100% 순수 한국인입니까?"라고 검색하면 볼 수 있다.

　나는 스스로 순수함을 확신하며 내세우는 사람들을 대체로 경계한다. 순수의 강요는 결국 그들의 관점에서 볼 때 순수하지 못한 사람들을 폭력적으로 배척하는 논리로밖에 작동하지 않을 게 뻔하기 때문이다. 절대 순수가 존재할 거라는 신념이야말로 정신을 협소하게 만드는 주범임을 이런 식으로 다시금 깨닫게 될 줄은 몰랐다. 그 어떤 영역에서든, 절대적인 가치라는 건 절대로 없다.

＊ ＊ ＊

　아무래도 좀 많이 진지한가. 미안하다. 그러나 (마지막으로) 조금 거창하게 강조하면 평양냉면의 왕도를 고집하는 태도가 내 눈에는 순수주의의 산물로 보인다. 그저 아집으로밖에 보이지 않는다. 때로는 (방송에서의) 재미를 위해 장난으로 그러는 사람이 없지 않다는 걸 나도 모르지 않는다. 그런데 가끔씩, 정말 진지하게, 겨자와 식초 넣는 사람을 타박하고 면을 가위로 자르면 기겁하는 순수주의자를 목격한다.

뭐, 메밀로 만든 면이기에 뚝뚝 잘 끊겨서 굳이 가위 쓸 필요가 없다는 건 나도 잘 안다. 나도 가위 사용 안 한다. 그렇다고 해서 타인이 가위 쓰는 걸 세상 불경한 행동이라면서 막지도 않는다. 어차피 동일한 맛이 제공될 거라는 걸 아는 까닭이다. 식초와 겨자도 똑같다. 식초와 겨자 넣으면 더 맛있게 느껴질 수도 있다. 사람 입맛은 음악 취향만큼이나 주관적이다. 나에게는 진짜 별로인 맛이 어떤 이에게는 천상의 미미(美味)를 안겨줄 수도 있다.

음악으로 예를 들어볼까. 나는 '콜드플레이'의 최신 곡인 〈Higher Power〉가 별로다. 세계적인 유행을 타고 있는 장르 신스 팝(Synth Pop)을 시도했는데 영 밋밋하고, 듣는 재미가 없다. 까놓고 말해 지루하다. 이럴 거면 차라리 '위켄드'나 '두아 리파'를 듣는 게 낫다고 생각한다.

반면, 음악 평론가이자 친한 동생인 이대화 군

은 이 싱글이 좋다고 페이스북에 썼다. 특히 소리의 색감이 마음에 쏙 들었다고 한다. 나는 그의 의견을 진심을 다해 존중한다. 그도 내 의견을 존중할 것이다. 이렇게 서로 존중함으로써 우리의 다름은 평안함에 이른다.

냉면에 바치는 최고의 찬가

이번엔 평양냉면이 아닌 냉면으로 범위를 넓혀 본다. 이 분야의 톱은 역시 이 곡, '강병철과 삼태기'의 〈냉면〉이 아닐까 싶다. 줄거리는 대강 이렇다. 시골에 살던 사람이 성내에 와서 구경을 하다가 냉면을 먹었는데 이게 너무 맛있다는 거다. 핵심 구절은 다음과 같다.

맛 좋은 냉면이 여기 있소/ 값싸고 달콤한 냉면이오/ 냉면 국물 더 주시오/ 아이구나 맛 좋다/ 냉면 냉면/ 물냉면에 불냉면 비빔냉면 회냉면

어떤가. "값싸고 달콤한 냉면"이라고 노래하는 걸 보면 순수주의자들이 신줏단지 모시듯 받드는 평양냉면은 아님에 틀림없다. 차라리 이 곡에서의 냉면은 함흥냉면 혹은 분식집 냉면 쪽에 가깝다고 보는 게 맞다. 그런데도 주인공은 국물 좀 더 달라고 요청한다. 과거에도 국물 리필이 선택 아닌 필수 덕목이었음을 알 수 있는 대목이다.

게다가 가사에는 심지어 불냉면도 나온다. 나야 맵찔이라서 엄두도 못 내지만 엄청나게 매운 냉면

좋아하시는 분들, 괜히 평양냉면파에 쫄 것 없다. 백 번 양보해서 평양냉면이 정파라고 치자. 정통의 수호자라고 가정해보자. 한데 역사를 보면 사파가 정파를 압도한 경우가 한두 번이 아니다. 정파가 사파보다 더 사파 같았던 시절 역시 한두 번이 아니다. 더 나아가 사파가 정파보다 더 정파 같았던 때 역시 셀 수 없이 많다. 결국 중요한 건 정파, 사파를 나누는 게 아니다. 그 이전에 정파, 사파를 나누는 기준 따위에 우리는 의문부호를 던져야 하는 것이다.

재증명을 위해 멀리 갈 것도 없다. 〈무한도전〉 올림픽대로 듀엣 가요제에서 박명수와 제시카가 '명카드라이브' 이름으로 발표한 〈냉면〉이라는 대형 히트곡을 살펴보자.

이것은 '차가워도 너무 차갑고, 질겨도 너무 질긴 냉면'에 대한 찬가다. 메밀 아닌 고구마 전분으로 제면했을 게 분명한 냉면에 대한 애정 어린 편지다. 내가 아는 한 냉면의 신(神)은 그렇게 속 좁은 분이 아니다. 냉면의 신은 얼음이 무진장 들어 있는 저렴한 분식집 냉면에도 기꺼이 강림하신다. 그리하여

냉면의 신께서 관장하는 냉면의 천상계에서 정파, 사파의 구별은 자연스럽게 무화되는데, 그곳에서 모든 종류의 냉면은 마음껏 뛰놀면서 파라다이스를 이룬다. 진정한 의미에서의 평등을 완성한다.

심지어 냉면의 신께서는 직접 그 모범을 보이신 바 있다. 대체 어떤 냉면이 정통 평양냉면이냐 하는 논란이 정점에 달했을 즈음, 그 시원(始原)이라 할 북한 '옥류관'의 평양냉면을 직접 보여주면서 이 언쟁이 얼마나 무소용인지를 가르치셨다. 맑고 투명한 국물이야말로 평양냉면의 진수라 믿어 의심치 않는 순수주의 진영에게 북한 옥류관 냉면의 형상은 충격이었다. 반석 위에 굳건히 세워진 듯했던 순수주의자의 믿음이 와르르 무너져내렸던 그 순간을 기억한다. 그것은 참으로 드라마틱한 폭로였다.

곧 (급조된 변호에 가까운) 여러 주석이 대롱대롱 따라붙었다. "저건 오리지널 평양냉면이 북한 상황에 맞게 바뀐 것."이라는 주장이 그중 가장 큰 힘을 받았다. 한데, 동일한 논리로 우리가 먹는 것 역시 한국 상황에 맞게 바뀌어온 평양냉면 아닌가. 요컨대, 대체 어떤 게 정통이냐는 물음은 이제 무의미하다. 각자의 취향에 맞게 최선의 한 그릇을 찾으면 그것으로 족하다.

최선의 한 그릇을 찾아서

역시 가을 또는 겨울이다. 아무래도 주방의 정성이 덜 들어갈 수밖에 없는 여름보다는 그 외의 계절에 먹는 평양냉면이 '찐'에 가깝다. 나는 지금 여름 평양냉면을 폄하하는 게 아니다. 앞서 언급했듯이 줄서기가 예상보다 고통스럽지 않다는 점을 알기 때문에 아주 가끔씩 찾아가고는 한다. 심지어 최근에는 평양냉면집이 워낙 많아져서 시간대를 잘만 맞추면 줄을 서지 않고도 평양냉면을 먹을 수 있다. 낮 1시 이후나 저녁 5시경, 그도 아니면 아예 밤 8시 이후를 추천한다.

정말이다. 진짜 많다. 네이버에 '평양냉면'이라고만 검색해도 과거에 비해 식당 숫자가 폭증했음을 알 수 있다. 몇 년 전 갑작스럽게 불어닥친 평양냉면 열풍 덕분일 것이다.

이쯤에서 솔직히 고백할 필요가 있을 것 같다. 대략 5년 전까지만 해도, 그러니까 '평양냉면부심'의 찌꺼기가 내 안에 여전히 남아 있을 때까지만 해도 나는 호방한 톤으로 다음처럼 선언하고는 했다.

"내가 가보지 못한 평양냉면집은 적어도 서울 시내에는 없다."

이제는 상황이 다르다. 못 가본 집이 너무 많다. 어느덧 사십대 중반. 일일이 다 찾아가서 맛볼 여력도 없다. 단골집이 맛만 심하게 변하지 않는다면 앞으로도 꾸준히 익숙한 공간을 주로 찾아갈 셈이다.

그중 하나가 바로 을지로에 위치한 '을지면옥'이다. 을지면옥은 속칭 의정부파다. 의정부에 위치한 '평양면옥'을 원조로 하는 집이라는 뜻이다. 또 다른 의정부파로는 충무로 대한극장 뒤편의 '필동면옥'이 있다. 내 기억에 가수 성시경 씨의 단골집인 것으로 안다. 하남 스타필드의 '평양면옥'과 강남구청 인근 '피양옥' 역시 이쪽 계열이다. 의정부파의 가장 큰 특징은 고춧가루다. 고춧가루가 기본으로 면 위에 뿌려져서 나오면 의정부파라고 이해하면 된다.

워낙 평양냉면 전문 식당이 많아진 탓에 파 따지는 게 더 이상 큰 의미는 없지만 대충 설명하자면 이렇다. 의정부파 외에 가장 거대한 세력을 형성하고 있는 계파는 장충동파다. 동대문역사문화공원역 바로 옆에 위치한 '평양면옥'을 뿌리로 두고 있는 이곳 역시 의정부파처럼 맑고 투명한 육수를 베이스로 한다. 단, 면이 좀 더 굵고 고춧가루가 없다는 차이점을 지닌다.

강남 을지병원 사거리에 있는 '평양면옥'이 장충동파의 대표적인 가게인데 거리 관계상 즐겨 찾지는 않는다. 나에겐 좀 멀다. 게다가 이곳만큼이나 훌륭한 평양냉면집이, 다시 한번 강조하지만 이제는 너무 많다. 하룻밤 자고 나면 새로운 가게 오픈 소식이 들린다. 골목마다 평양냉면집 하나씩 생길 때까지 맹렬한 이 기세가 계속될 것 같다는 생각이 들 정도다.

차라리 유사 계열로 분당에서 전설을 쌓아 올린 '능라도'를 언급하고 싶다. 아, 물론 분당 사는 분들한해서다. 현세천국인 분당이 너무 멀다면 못지않게 잘하는 공식 분점을 찾아가면 된다. 내가 가장 자주 방문한 곳은 마포에 위치한 능라도다. 분당 능라도에 가본 지가 너무 오래돼서 비교하기는 좀 곤란하지만 이 정도면 나로서는 전혀 불만이 없다. 충분히 맛있고, 양도 꽤 넉넉하다. 육수는 얼기 바로 직전의 온도를 절묘하게 잡아냈다.

　내가 가본 평양냉면집들 중 살얼음이 동동 뜬 육수를 내는 곳은 딱 하나뿐이다. 바로 염리동의 을밀대 본점이다. 혹시 을밀대에서 얼음 때문에 이가 시릴 게 걱정된다면 인사돌, 아니 '거냉'을 주문하면 된다. 거냉은 얼음 뺀 육수를 뜻하는 일종의 은어다. 한데, 을밀대의 거냉은 마포 능라도와 비교해 나에겐 좀 덜 시원한 수준이다. 아이스 아메리카노만을 신봉하는 배순탁에게는 영 미지근하다. 그래서 을밀대 한정, 얼음이 동동 띄워진 상태로 나오는 한 그릇을 시킨다.

　다행이다. 치과 치료를 열심히 받은 결과, 내 이는 아직까지 얼음을 견딜 만하다. 여러분도 더는 미루지 말고 치과 치료를 빨리 받기 바란다. 맛있게 나온 냉면 기왕이면 제대로 즐겨야 하지 않겠나. 무섭다고 치과 치료 미룰수록 늘어나는 건 지옥으로의 초대장이나 다름없는 고통과 치료비뿐이다.

알아두면 쓸데없는 신비한 냉면사전

평양냉면은 역사가 오래된 음식이다 보니 식당에서만 통하는 은어가 많다. 이 기회를 빌려 한번 정리해본다.

거냉: 사실 거냉은 이가 약한 장년층을 위한 주문 방식이다. 육수를 살짝 데워 차지도 덥지도 않은 상태로 내놓는 것을 말한다. 단, 을밀대에서는 "얼음을 빼달라."는 의미로 통용되고 있다.

민짜: 간단하다. 위에 올리는 고명 다 빼고 '면'을 많이 달라는 뜻이다. 면덕후에게 최적화된 주문 방식이라 할 수 있다. 나는 고명도 즐기는 쪽이라서 이렇게 먹어본 적은 없다. 다만 '우래옥'에 갈 기회가 있다면 고기 고명을 소고기에서 돼지고기로 바꿔 먹어보기 바란다. 내 기준에는 훨씬 맛있다.

선주후면: 당신이 만약 술꾼이라면 이 용어를 모를 리 없다. 아니, 술꾼이 아니라 해도 모를 리 없다. 문자 그대로다. 술을 먼저 마시고 (상황에 따라서는 고기 한 점 같이 먹고) 그 뒤에 면을 먹는다는 거다.

남대문에 위치한 '부원면옥'에 가면 소주 잔술을 팔았는데 어르신들이 혼자 와서 기분 좋게 선주후면하는 모습을 자주 볼 수 있었다. 나도 한 15년 뒤에는 저러고 있겠지? 싶었으나 이제는 이곳마저 팔지 않는다고 한다.

엎어말이: 사실 최근에는 잘 안 쓰는 용어다. "뭘 엎어서 만다는 거야?" 할 수 있겠지만 뜻은 의외로 단순하다. 곱빼기라는 의미다. 괜히 고수인 척 폼잡는다고 "엎어말이로 해주세요." 하지 말고 그냥 곱빼기로 달라고 하면 된다. 부산의 일부 밀면집에서는 이걸 '쌍봉'이라고 부른다는데 확인해본 적은 없다.

순면: 100퍼센트 메밀로만 반죽한 면을 뜻한다. 찰기가 없는 메밀만으로 반죽하기가 어려워 점차 사라지고 있는 추세이기도 하다. 특히 손님이 붐비는 여름에는 행여 순면이 주문표에 있더라도 주문을 하지 않는 게 매너 아닐까 싶다. 나는 어차피 괜찮다. 100퍼센트보다는 도리어 메밀과 전분 비율이 7대3

혹은 6대4인 쪽이 입맛에 더 맞는다. 순수주의자가
되기는 애초에 글렀던 셈이다.

여름이고 겨울이고 간에

앞에서도 잠시 언급했지만, 이 얘기를 꼭 제대로 하고 싶었다. 일부 평양냉면 애호가들 중 냉면, 그중에서도 평양냉면은 겨울에 먹어야 제맛이라고 강력하게 주장하는 분들이 있다. 글쎄. 과연 그럴까. 일단 그들의 논리적인 바탕은 이렇다.

무엇보다 메밀이 가을에 수확하는 작물이라는 점이다. 따라서 햇메밀의 구수한 향을 제대로 느끼려면 가을 또는 겨울이 베스트 시즌이라는 게 그들의 입장이다. 뭐, 일리가 없지는 않다. 아귀가 맞는 논리다. 그러나 나의 경우, 블라인드 테스트를 한다면 햇메밀과 묵은 메밀의 향을 구분할 자신이 조금도 없다. 그저 좋아할 뿐 그리 예민한 미각을 갖고 있지 못한 탓이다.

전통적으로 북한에서는 냉면을 겨울에 먹었다는 건 사실이다. 추운 겨울밤, 배는 고프고 딱히 먹을 것은 없었기 때문에 따뜻한 아랫목에서 냉면을 후루룩 먹었다고 전해진다. 이 지점에서 중요한 게 하나 있다. 어디에 면을 말아 먹었느냐. 바로, 시원한 동치미 국물이다.

즉, 평양냉면이 겨울 음식이 된 건 자발적 의지가 아닌 환경적인 요인 때문이었다고 봐야 한다. 상상해보라. 때는 겨울이다. 배는 고픈데 어디 나가서 뭘 먹기란 불가능하다. 인간적으로 너무 춥다. 집 안을 살펴본다. 겨울 내내 섭취하려고 제조해둔 동치미 국물이 마침 있다. 필요한 건 면을 삶는 일뿐이다. 이 얼마나 간단하고 명료한 조리법인가.

냉장 기술이 발달하지 않았다는 점도 고려해야 한다. 그렇다. 아주아주 옛날에는 놀랍게도 냉장고라는 발명품이 존재하지 않았다고 한다. 따라서 여름에 시원한 육수를 안정적으로 구하기가 쉽지 않았을 거다. 즉, 냉장 기술의 부재(不在)가 동치미 국물의 존재(存在)와 합쳐지면서 평양냉면이라는 음식을 낳은 셈이다. 부재는 곧 욕망이다. 부재로 인해 우리의 욕망은 자극받고 이를 통해 무언가를 산파한다. 인류의 역사를 수놓은 수많은 발명품이 이를 증명한다.

지금은 21세기다. 냉장 기술이 극한까지 발전했음에도 여전히 평양냉면을 겨울 음식이라고 주장하면서 여름에 즐겨 찾는 사람을 하대하는 태도에는 좀 하자가 있는 것으로 보인다. 앞서 설명했듯이 여름에는 균일한 완성도의 한 그릇이 제공되지 않는다는 논리는 이치에 맞는다. 그렇다면 가을이나 겨울에 가서 슬며시 미소 띄우며 주문한 뒤에 최대한 여유를 갖고 먹으면 될 일이다. 이게 전부다.

　나는 타인이 문신하는 것에 대해 참견하지 않는다. 이유는 별것 없다. 내 몸이 아니기 때문이다. 그 사람이 알아서 선택할 고유한 영역이기 때문이다. 다만 나는 문신을 할 계획이 전에도 없었고 앞으로도 없을 예정이다. 다른 사람 몸은 모르겠고 내 몸이 얼마나 아프겠나. 차라리 치과를 또 가고 말지.

　평양냉면도 마찬가지다. 그 사람이 먹는 거지 내가 먹는 게 아니다. 줄 서는 게 귀찮지 않고, 그렇게 해서라도 시원한 게 먹고 싶다면, 얼마든지 여름에 평양냉면 마음껏 드시면 된다. 봄이어도 좋고, 가을이나 겨울이어도 괜찮다. 평양냉면 아닌 다른 냉면을 먹는다 해도 관대하신 냉면의 신께서는 흡족한 표정으로 그대를 내려다보고 계실 것이다. 냉멘.

SNS 냉면왕의 반성

반성해야 한다. 'SNS 냉면왕'이라고 스스로를 포장했던 과거를 뼛속부터 반성해야 한다. 일단 SNS라는 말부터가 틀렸다. '소셜 미디어'라고 해야 맞다. 한데, 그렇다면 'SM 냉면왕'이 되어야 하는데 어감이 영 이상하다. 그냥 'SNS 냉면왕'이라는 엉터리 수식 자체에 돌을 던지는 게 낫다. 날아오는 돌 기꺼이 맞으면서 반성하리라.

반성 모드 들어간 김에 다음 같은 상상을 해본다. 때는 추운 겨울, 나는 막 평양냉면 한 그릇을 딱 비운 상태다. 계산을 끝내고 밖으로 나섰는데 매서운 바람이 몸속에서부터 훅 치고 올라온다. 깨끗한 겨울 공기가 내장 곳곳을 적시는 듯한 기분이다. 이럴 때마다 나는 작은 정화 의식을 치르는 듯한 환상에 사로잡힌다. 예로부터 사람들은 이걸 '소울 푸드'라고 불렀다. 영혼을 위로하는 음식이라는 뜻이다.

세계적으로 음식 열풍이 한창이다. 티브이에 출연하는 유명 셰프들은 과거 록 스타에 버금가는 인기를 끌고 있다. 어떤 셰프는 록 스타를 넘어 시대의 '구루(guru, 영도자)' 대접을 받기도 한다. '우리가 먹는 음식이 우리를 정의한다'는 인식이 낳은 결과다.

과연 그럴까. 『미식 쇼쇼쇼』의 저자 스티븐 풀은 맛에 무지하면 야만인이란 낙인을 찍는 풍조에 문제가 있다고 지적한다. 이른바 '푸디스트(음식 지상주의자)'가 음식을 잘 모르는 대중에게 갖는 우월감은 지적 허영에 불과하다는 것이다. 나 역시 이런 혐의에서 자유롭지 못하다. 평양냉면 얘기만 나오면 "내 입맛이 옳다."고 떠벌리고는 했으니까.

인간의 미각이라는 건 기본적으로 신뢰할 게 못된다. 사상 최대의 와인 사기꾼에 대한 다큐멘터리 〈신 포도〉에 나오듯이 미각에 있어서 우리 대부분은 본질에 가닿지 못한다. 인간인 이상 휘장에 눈이 팔리거나 명성에 취할 수밖에 없는 까닭이다. 이 다큐멘터리 꼭 한번 보기를 권한다. 순수한 형태의 감각이라는 건 애초에 없다. 즉, 취향을 말하고 판단을 내릴 때마다 우리는 어떤 영향이 나에게 녹아 있는지를 각 잡고 살펴봐야 한다. 나를 둘러싼 '맥락'과 '관계'에 집중해야 한다. 롤랑 바르트가 말한 '신화'라는 것이 별게 아니다. 바로 이거다.

이제 나는 그저 조용히 나만의 냉면도를 걷는다. 조금은 거리를 두고 평양냉면 한 그릇을 지긋하게 바라본다. 거리 두기는 중요하다. 비단 코로나 시대여서가 아니라 "거리 두기를 잘 해야만 우리는 대상을 제대로 볼 수 있다." 내가 한 말이 아니다. 헨리 데이비드 소로가 남긴 명언이다.

사람 관계도 마찬가지다. 그간 우리는 너무 다닥다닥 붙어 살았다. 방지턱 하나 없는 관계 속에서 숨막혀 했다. 나는 한국 사회가 생판 얼굴도 모르는 사람에 대한 관심의 도가 지나친 경향이 있다고 생각한다. 속칭 오지라퍼가 너무 많다. 따라서 코로나 시대에 굳이 유의미한 교훈을 길어 올린다면 이것이다. 우리는 그 어떤 식으로든 연결되어 있다는 것. 연결된 와중에 거리 두기를 억지로라도 할 수 있는 기회가 주어졌다는 것.

내가 바라는 타인과의 이상적인 관계에 대해 적어본다. 상대방에게 사심은 없지만 그렇다고 무관심하지는 않은 관계. 마치 노련한 조종사처럼 서로 간의 영역과 궤도를 잘 지키고 침범하지 않으면서 그저 자기 할 일 열심히 할 줄 아는 관계. 그러면서도 필요할 때는 기꺼이 손을 내밀 수 있는 그런 관계.

진정 한국 사회에서는 불가능한 목표인 것인가. 가능하기를 바라지만 전망은 밝지 않아 보인다. 물리적으로만 거리 두기 하면 뭐 하나. 결국 문제는 소셜 미디어다. 과연 그렇다.

최고의 짝꿍을 찾아서

좀 섭섭했다.

내가 을지면옥을 자주 찾는 이유는 냉면에만 있지 않다. 아는 사람은 다 알지만 그곳의 편육 역시 평양냉면 못지않게 매력적이기 때문에 을지면옥을 선호했다. 이유는 하나 더 있다. 나는 먹는 양이 많은 편이 아니다. 소식가까지는 아니지만 그렇다고 대식가도 아니다. 을지면옥에는 편육 반 접시가 있었다. 만약 둘이서 간다고 치면 냉면 두 그릇에 제육 반 접시가 딱 적당했다. 정확하게 내 허기를 채웠다. 이제, 을지면옥에 편육 반 접시는 없다. 먹고 싶으면 한 접시를 시켜야 한다.

기어이 나는 편육 한 접시를 주문한다. 이건 마치 돈 코를레오네가 영화 〈대부〉에서 말했던 '거부할 수 없는 제안'과도 같다. 양념장이 먼저 테이블 위에 올려지면 젓가락을 들고 조금 찍어서 먹어본다. 과연, 변함없이 마법과도 같은 소스다. 적당히 매콤하고 감칠맛이 대단해서 입에 착착 감긴다. 미원이 들어갔는지 아닌지 나는 모른다. 설령 들어갔더라도 괜찮다. 김상욱 박사가 〈알쓸범잡〉에서 강조했듯이 MSG는 사는 데 필수인, 즉 없으면 죽는 아미노산에 나트륨 하나 달랑 붙은 거다.

MSG는 어디에나 들어 있다. 맛소금에도 들어 있고, 굴소스에도 들어 있다. 치킨스톡에도 들어 있고, 케첩과 마요네즈에도 들어 있다. 우리는 아주 오래전부터 MSG와 함께 잘 살아왔다. 한국을 포함한 각 나라의 식약청에서도 "MSG는 건강에 아무런 문제가 없다."고 발표한 바 있다. 심지어 호주에서는 "평생 먹어도 괜찮다."고 했다.

그럼에도 여전히 MSG를 불신하는 사람이 많다. 제대로 조사해보지도 않고 MSG를 죄악시하는 방송 탓이 무엇보다 크지 않았나 싶다. 이런 유의 방송으로 수많은 자영업자가 피해를 봤지만 보상이 제대로 이뤄진 적은 없었다. 비단 MSG만이 아니다. 무턱대고 믿고 비난하기 전에, 우리는 조금이라도 시간을 들여서 사실을 적시하려는 노력을 게을리해서는 안 된다. 명심하시길. 과학에 대한 무지(無知)와 비과학을 향한 맹신(盲信)이 메칸더 브이처럼 합체하면 이렇게 위험한 결과를 낳습니다. 여러분.

다시 본론으로 돌아와서 어쨌든 나는 먹는다. 을지면옥 편육과 매직 소스의 궁합은 최상 그 이상이기 때문이다. 배가 너무 부르다는 단점이 있지만 포기할 수 없다. 그것은 걷기 운동을 통해 해소하기로 한다. 세 명이나 네 명이서 함께 가면 되지 않느냐고 묻지 마시라. 나는 친구가 많지 않다. 한 달 기준으로 약속 두 개 잡으면 많이 잡는 거다. 동정 따위는 당연히 필요 없다.

그런데 진심으로 나는 이게 편하다. "친구를 덜 만났으면 내 인생이 더 풍요로웠을 것 같아요. 맞출 수 없는 변덕스럽고 복잡한 여러 친구들의 성향과 각기 다른 성격, 이런 걸 맞춰주느라 시간을 너무 허비했어요. 그보다는 자기 자신의 취향에 귀 기울이고 영혼을 좀 더 풍요롭게 만드는 게 더 중요한 거예요."라던 소설가 김영하 씨의 고백처럼 말이다.

혹시 몰라 첨언하는데, 이건 친구가 중요하지 않다는 의미가 아니다. 시간은 금과 같다는 걸 모르는 사람은 없다. 당신도 알고, 나도 안다. 우리 옆집 사는 유치원생도 어쩌면 알고 있을 수 있다. 그러니까, 그 금을 어떻게 활용해왔는지 돌이켜봤을 때 똥처럼 대해온 시간이 너무 많았다는 거다. 이걸 반성한다는 거다.

을지면옥의 편육 다음으로 내가 선호하는 짝꿍은 '봉피양(벽제갈비)'의 돼지갈비다. 봉피양의 돼지갈비, 아는 사람은 다 알지만 진짜 맛있다. 평양냉면으로 이걸 스윽 싸서 먹으면 더 맛있다. 사람들은 우스갯소리로 말한다. "돼지고기가 소고기보다 더 맛있어."라고 주장하는 건 그저 자신의 얇은 지갑을 어떻게든 변호하기 위한 안타까운 몸부림에 지나지 않는다고.

하지만 봉피양 돼지갈비만큼은 제대로 평가해줘야 한다. 굳이 소고기와 비교할 필요는 없다. 그만큼 봉피양 돼지갈비는 완성도가 훌륭하다. 양념이 과하게 달지 않으면서도 적절하게 혀를 자극한다. 가히 위대한 예외가 될 만하다. 만약 돼지갈비 올림픽이 개최된다면 여기 돼지갈비가 대한민국 대표로 나서야 한다. 금메달은 따놓은 당상이다.

우래옥의 불고기와 을밀대의 수육도 빼먹어서는 안 된다. 단, 조건이 있다. 전자는 술과 함께 먹지 않아도 무리가 없는 반면 후자는 무조건 소주를 끼고 섭취해야 한다는 것이다. 그렇습니다. 앞서 설명한 선주후면이올시다. 을지면옥의 편육 역시 을밀대와 같다. 술을 못 마시는 체질이 아니라면 예외는 없다. 소주 각 1병은 필수다.

한데 여기서 꼭 말하고 싶은 게 있다. 내 지인들은 다 알지만 나는 소주를 별로 안 좋아한다. 아니다. 조금 더 세심하게 접근할 필요가 있다. 나는 '희석식 소주'를 싫어하는 편에 속한다. 심하게 말해서 술을 즐긴다기보다는 그저 취하기 위해 알코올을 몸에 때려 박는 그 느낌이 싫어서다. 그럼에도 아주 가끔씩 희석식 소주가 마시고 싶기는 한데, 바로 냉면과 고기가 함께 내 앞에 놓여 있을 때다. 이 순간만큼은 나도 고집을 부리지 않는다. 적어도 맥주보다는 마리아주가 괜찮다는 걸 아는 까닭이다.

우래옥은 기실 술 마시기에 좋은 집이 아니다. 내부 인테리어부터가 그렇다. 사기 그릇에 정갈하게 담긴 평양냉면과 비싸지만 맛있는 불고기로 품격 있게 식사를 끝낸 뒤, 가게 앞 넓은 주차장에 맡겨놓은 차를 찾아 "허허. 오늘도 참으로 고급진 하루였어. 성공한 인생이로구먼." 하며 안락한 집으로 돌아가는 느낌이 강한 곳이다. 주차된 차들 역시 외제차가 압도적으로 많다. 따라서 면허도 없는 나에게는 태생적으로 한계가 있는 가게다.

자동차야 어쩔 수 없다 치고, 문제는 불고기다. 우래옥 불고기, 진짜 맛있는데 높은 가격 대비 정말 쥐꼬리만큼 나온다. 내 돈 주고 먹어본 경우가 몇 없다. 그리하여 나의 전략은 다음과 같다. 우래옥에 간다. 자리에 앉는다. 내 마음대로 자리를 선택할 수 없는 가게이기 때문에 냉면을 주문한 뒤에 사방을 둘러본다. 불고기를 굽고 있는 테이블이 있다면 속으로 럭키를 외친다.

약 5분 정도 흘렀을까. 애타게 기다리던 냉면이 등장한다. 냉면을 입안 한가득 넣고, 공기 중에 은은하게 둥둥 떠다니는 불고기의 향을 코로 맡는다. 사리 추가는 필수다. 불고기 대신 사리 추가를 통해 마치 불고기도 먹은 것처럼 기억을 조작할 수 있는 까닭이다. 이거 참, 눈물 겨운 플라세보 효과라 아니할 수 없다.

이에 비하면 을밀대의 수육은 (이것 역시 가격이 꽤 올랐음에도) 서민적이라고 할 수 있다. 고기를 과하게 삶아서 퍽퍽해지는 날이 가끔 있다는 게 단점이지만 이렇게 고기를 얇게 썬 타입의 수육은 오직 을밀대에서만 찾아볼 수 있다는 점에서 높은 점수를 받을 자격이 충분하다. 고명으로 올려진 파채와 고기를 함께 싸서 먹은 뒤 소주 한 잔 들이켜면 거기가 바로 천국이다.

잠깐 생각해보니까 주객이 전도된 것도 같다. 그도 그럴 것이 이제 을밀대의 평양냉면은 더 이상 내 식욕을 자극하지 못하기 때문이다. 을밀대는 MBC가 여의도에 있던 시절에 인간적으로 진짜 너무 많이 갔다. 어제 갔는데도 차마 거절 못하고 그다음 날 또 간 적도 정말 많다. 평양냉면을 이틀 연속 먹으러 갔는데 거기에서 이미 먹고 있던 MBC 지인들과 합류해 자리가 길어지는 바람에 술을 너무 많이 마셨고, 그다음 날 해장을 위해 또 간 적도 있다. 사흘 연속이다. 이쯤 되면 을밀대에서 나한테 상 줘야 하는 것 아닌가 싶지만 이런 식으로 따지면 MBC에서만 수상자가 수십 명은 너끈히 나올 것이다.

이 점이 중요하다고 본다. 그러니까, '너무 많이 먹었다'는 거다. 음악도 비슷하다. 이와 관련해서는 뒤에 이어 붙인다. 주제를 압축하자면 다음과 같다. 우리는, 우리가 애정하는 대상을 아껴서 애정할 줄 알아야 한다는 거다. 하나 더 있다. 시야를 조금만 넓히면 같은 필드에서도 애정할 만한 다른 대상을 얼마든지 더 찾을 수 있다는 거다.

평양냉면 순수주의를 고집하는 것으로도 모자라 "평양냉면 가게들 중 이곳만 진짜!"라고 강요하듯 단언하는 평양냉면러가 혹시 있다면 이 글을 바친다. 아니, 평양에서도 집집마다 냉면 만드는 스타일이 다 달랐을 테고, 그것이 서울까지 내려와서 수십 년 세월 변주의 과정을 거쳤는데, 어떻게 오직 하나의 집만이 정도(定道)일 수 있느냐는 반문이다.

한국만 아니라 중국, 일본의 냉면집까지 다 둘러보고, 심지어 평양냉면집을 직접 경영하고 있는 박찬일 셰프의 결론도 이와 같다.

"다 각기 사정에 따라 냉면을 말아 먹을 뿐, 우열은 없다."

박찬일 셰프가 만든 근사한 평양냉면은 '광화문
국밥'에서 맛볼 수 있다. 최고 수준의 평양냉면집 중
하나다.

하나만 고집하는 사람들에게

처음엔 100만 정도 예상했다. "그 정도면 대성공."이라고 내게 귀띔한 지인도 여럿 있었다. 아니나 다를까. 이번에도 어김없이 내 예측은 빗나갔다. 994만 명. 지금 이 글을 쓰고 있는 순간 검색해 찾아낸, 영화 〈보헤미안 랩소디〉의 관람객 숫자다. 2018년 말과 2019년 초에 걸쳐 한국에서 '기세(氣勢)상'을 수여한다면 주인공은 마땅히 〈보헤미안 랩소디〉의 차지여야 할 것이다. 이견은 있을 수 없다고 본다.

처음엔 기껏해야 한 달 정도겠지 싶었다. 주변에서도 "그 정도면 잦아들 거다."라고 말했다. 아니나 다를까. 이번에도 내 심미안은 작동하질 않았다. 아니, 원래 부재했던 게 아닐까 요즘 들어 의심이 깊어진다. 2021년 현재까지도 〈배철수의 음악캠프〉에는 '퀸'의 노래를 신청하는 문자가 무진장 들어온다. 뭐, 과거에 비하면 줄어들긴 했지만 기세가 대체 언제쯤 완전히 꺾일지 궁금할 지경이다.

솔직히 좀 힘들었다. 나는 퀸 음악 듣기를 속된 말로 고등학교 때 거의 다 뗀 사람이다. 베스트 앨범만 듣고 만 게 아니라 디스코그래피 전체를 샅샅이 뒤져서 꼼꼼하게 챙겼다. 공연 영상도 무지하게 봤다. 그중에서 1985년 'Live Aid'와 1986년 'Live at Wembly'는 합쳐서 백 번도 넘게 플레이했을 것이다.

오해 말기를. 나는 직장에서의 의무를 소홀히 여기는 사람이 아니다. 이를테면 다음과 같다. 나는 '이글스'의 〈Hotel California〉나 '라디오헤드'의 〈Creep〉 같은 곡을 직접 찾아서 감상하지 않는다. 대략 20년도 넘었을 듯싶다. 이유는 간단하다. 의심의 여지 없는 명곡이지만 너무너무너무너무너무너무 많이 접해 지겨워졌을 뿐이다. 하지만 라디오 청취자가 이 곡을 신청하면 얘기가 달라진다. 하나둘 모아 뒀다가 어김없이 리스트에 넣는다. 지금 당장 〈배철수의 음악캠프〉 선곡표에서 이 곡들을 찾아보라. 주기적으로 자주 방송되었음을 어렵지 않게 확인할 수 있을 것이다.

퀸도 유사한 케이스다. 장담컨대, 〈배철수의 음악캠프〉는 영화 〈보헤미안 랩소디〉 개봉 전부터 퀸 음악을 가장 자주 트는 프로그램이었다. 실제로도 신청곡이 많이 들어왔다. 한데 2018년 11월부터 분위기가 심상치 않았다. 수요에 공급이 미치지 못하는 상황이 계속됐다. 자, 상상해보라. 바로 어제 퀸 음악을 아예 특집으로 꾸며 한 시간 동안 방송했는데 그 후에도 "왜 퀸 안 틀어줘요?"라는 문자가 계속 들어온다. 당신이라면 어떻겠나.

라디오의 기본적인 속성을 모르지 않는다. 디제이를 포함한 제작진 입장에서는 '1대 다수'이지만 듣는 이는 그렇게 받아들이지 않는다는 게 가장 중요하다. 적어도 듣는 사람 입장에서 라디오는 '1대1'로 소통하는 매체다. 일례로, 이런 사연을 자주 받는다. "라디오에서 이 노래는 들어본 적이 없어요." 하지만 팩트는 이렇다. 방송에서 꽤나 여러 번 선곡된 음악이라는 것이다. 하지만 청취자의 사연 또한 팩트에 가깝다고 생각한다. 노래가 방송된 날 듣지 못했다면 적어도 그 청취자에게는 방송되지 않은 것과 별 차이 없다고 봐야 하니까.

그럼에도, 조금은 지쳐버렸다. 나 배순탁이 누군가. 비판적인 사람들이 퀸 광풍을 보며 대한민국 냄비 근성 운운할 때 소셜 미디어에 다음과 같은 글을 남긴 사람 아닌가. "차트라는 건 대개 냄비 근성으로 만들어지는 거예요. 딱 2개월만 지나면 퀸 음악 싹 사라질 건데 뭘 그리 툴툴거리시나. 있을 때 그냥 즐기세요." 이거 참, 저 글을 쓸 때의 패기는 다 어디로 사라진 것일까.

천국에서 프레디 머큐리가 나를 본다면 "에~요!" 하기는커녕 "은혜도 모르는 놈."이라며 일갈할 것 같다. 나는 〈보헤미안 랩소디〉 특수를 한껏 누린 축에 속한다. 한 번은 번역가 황석희 씨와, 다른 한 번은 뮤지션 윤상 씨와 함께 '관객과의 대화'를 진행했고, 관련 글을 써서 원고료도 받았다. 뉴스 인터뷰로 출연료도 받았고, 퀸의 〈Bohemian Rhapsody〉를 포함한 록 명곡에 대해 강의도 했다. 이렇듯 온통 받은 것투성이인데 고마워하기는커녕 지쳐버렸다니, 하늘에서 프레디 머큐리가 통탄할 일이다.

그럼에도 할 말은 해야겠다. 부정적인 뉘앙스가 아니다. 앞서도 언급했듯 나는 사람들이 오직 퀸만 좋았던 몇 년 전의 현상을 이해한다. 한 달에 영화관 한 번 가기도 어려운 전 세계 톱 클래스 노동 사회에서 퀸을 통해 일상의 행복을 다시 찾았다는 그들의 고백에 공감 못할 이유가 없다. 그럼에도 모두에게 하나만을 강요하는 듯한 풍경이 마냥 달가운 건 아니다. 구체적인 예를 들자면, 음악 바에서 퀸을 계속 신청하는 누군가에게 디제이가 "이미 많이 틀었고, 퀸 싫어하는 분도 있다."라고 대답하자 정말 이해할 수 없다는 표정으로 "대체 왜 싫어해요?"라고 되묻는 태도 말이다.

이에 비하면 라디오 청취자들은 양반이다. 타인의 취향에 좀 관대한 편이라고 할까. 퀸 음악을 신청한 청취자에게 문자로 "방금 전 퀸이 나가서 어려울 것 같습니다."라고 보내면 "아, 아쉽네요."라는 답이 돌아오는 경우가 대부분이다. 물론 그가 퀸이 안 나온다고 해서 주파수를 바꿨을지 안 바꿨을지 나는 알 수 없다. 왠지 느낌상 바꾸지 않았을 거라고 믿고 싶다. 무엇보다 〈배철수의 음악캠프〉의 안정적인 청취율이 이를 간접적으로 증명한다.

도리어 나에게 더 큰 불편을 느끼게 한 건 퀸 열풍을 해석하는 수많은 말들이었다. 나는 "청춘이 어쩌고 저쩌고." 하며 퉁치는 식의 분석을 대체로 신뢰하지 않는다. 그것은 마치 '스포츠는 곧 인생이다'라거나 '노력은 배신하지 않는다'처럼 우리를 취하게 하는 거짓말이라고 생각한다. 노력은 당신을 배신할 수도 있고 하지 않을 수도 있다. 그리고 당신이 예측할 수 있는 것이 단 하나 있다면, 노력이 당신을 배신할지 안 할지 예측할 수 없다는 점뿐이다. 고로, 스포츠와 나의 삶은 관련 없다고 여기는 쪽이 정신건강에는 훨씬 이롭다.

청춘이 어쩌고 하는 분석 역시 똑같다. 이따위 분석, 당신의 개별적인 청춘과 무관하다고 여기는 쪽이 그나마 소확행을 일궈낼 수 있는 몇 안 되는 길이다. 하지만 아니나 다를까. "퀸의 명곡이 청춘의 어떤 지점을 건드렸다."는 유의 언어가 창궐했는데, 읽다가 민망해서 스크롤을 확 내려버렸다. 우리 그냥, '광고를 통해 친숙해진 퀸 음악의 파괴력이 완벽히 증명된 현상' 즈음에서 합의를 보자. 누가 봐도 이쪽이 훨씬 설득력 있다.

제안을 하나 하고 싶다. 음악가이자 물리학자인 존 파웰의 저서 『우리가 음악을 사랑하는 이유』에 따르면, 인간은 "언제든지 새로운 장르를 포함해 취향을 넓힐 수 있다."고 한다. 중요한 건 이 책에 서술되어 있는 기본형이다. 수많은 실험을 거친 결과, 우리 안에 내재된 기본형은 네 가지로 분류된다고 한다. 즉, 우리 각각은 최소 기본형 하나씩은 보유하고 있는 셈이다.

당신이 새로운 음악을 접하게 되었다고 치자. 이 새로운 곡이 기본형에 들어맞을수록 당신은 그것을 더 쉽게 받아들일 수 있다. 당연한 이치다. 만약 그렇지 않다면? 걱정 마시라. 당신의 뇌는 단순하지 않다. 인간의 뇌는 즐기는 음악의 복잡함에 대해 '적당한 수준'을 취하도록 되어 있다고 한다. 따라서 처음 감상했을 때는 생소하고 복잡하다 느끼는 음악도 몇 번 듣다 보면 친숙해져 적당함의 범주에 포함되기 마련이다.

반대로, 나에게 〈Hotel California〉나 〈Creep〉이 그랬던 것처럼 너무 좋아서 자주 들었던 음악이 어느 순간 지루해지는 것 역시 필연이다. 음악이 주는 즐거움이 기준점 아래로 뚝 떨어져버리는 것이다. 퀸 음악은 절대 안 지겨워질 거 같다고? 아직 덜 들어서 그런 거다. 이 세상에 지루해지지 않는 음악은 없다. 누군가에 대한 뜨거운 사랑이 잦은 만남 속에 어느 순간 식어버리는 것과 비슷하다. 당신의 '퀸 망진창'은 결코 영원하지 않다.

따라서 애정할수록 아껴 듣는 자세는 필수다. 그래야 조금이라도 더 지겨워지는 순간을 늦출 수 있다. 물론 이걸 피할 수는 없다. 언젠간 필연적으로 닥칠 일이다. 그래도 괜찮다. 사람 아닌 음악 아닌가. 다른 노래로 맘껏 갈아타도 누구 하나 욕할 사람 없다.

조심스레 권장해본다. 당신이 기본형을 더 많이 지닐수록 당신은 더 다채로운 음악을 즐길 수가 있다. 존 파웰 역시 강조했다. "처음에 마음에 들지 않은 곡도 몇 번 참고 들으면 새로운 기본형이 뿌리를 내려 틀림없이 보상을 안겨줄 것이다. 평생 누릴 수 있는 음악의 즐거움이 늘어나는 셈이다."

퀸 음악이 위대하다는 건 상식이다. 그러나 퀸만큼 훌륭한 음악은 이 세상에 말 그대로 널려 있다. 취향을 조금이라도 넓히려 노력하는 사람은 음악 바의 누구처럼 타인의 취향에 시비 걸지 않는다고 믿는다. "요즘 음악은 들을 게 없어."라고 습관처럼 투덜대는 사람들 역시 마찬가지다. 그들에게 공통점이 딱 하나 있다면 요즘 음악을 제대로 들어본 적이 없다는 것일 테니까.

- 《에스콰이어》 2019년 1월호 〈'보헤미안 랩소디' 퀸만 찾는 이들에게〉

극단으로 치우치지 않는 삶

신뢰하지 않는 몇 가지 선언이 있다. 그중 하나, "난 음악 없이는 못 살아."다. 음악뿐만이 아니다. 무엇을 논하든 간에 '절대'를 상정하는 문장은 언제나 불편하다. 예외를 허락하지 않고, 여지를 남기지 않아서다. 예외와 여지는 곧 가능성이다. 또 다른 삶의 가능성을 차단한다는 점에서 절대를 상정하는 선언은 크든 작든 폭력으로서 기능한다.

괜히 돌려 표현한 것처럼 보이지만 다음과 같이 말해보겠다. 음악 없이도 우리는 잘 먹고 잘 살 수 있다. 이건 반박 불가의 팩트다. 영화도, 사진도, 미술도, 게임도 다 마찬가지다. 이것들 없이도 우리는 아주 잘 먹고 잘 살 수 있다. 그렇다면 최후의 보루, 문학은 어떤가. 어느 인터뷰에서 소설가 김훈이 한 말로 대신한다.

"나는 문학이 인간을 구원하고, 문학이 인간의 영혼을 인도한다고 하는, 이런 개소리를 하는 놈은 다 죽어야 된다고 생각합니다. 어떻게 문학이 인간을 구원합니까. 도스토옙스키가 인간을 구원해? 난 문학이 구원한 인간은 한 놈도 본 적이 없어."

그 어떤 예술이든 실재하는 삶보다 위중할 수는 없다. 그러나 아주 가끔씩 예술은 우리에게 잊지 못할 경험 혹은 체험을 선물해주기도 한다. 이 두 가지 태도를 '함께' 가져가는 게 중요하다고 믿는다. "음악 없이는 못 살아."라며 섣부르게 선언하는 대신 이 양극단 사이의 어딘가에 머물면서 가끔씩 찾아오는 경이의 순간을 맞이하면 되는 거다.

단언컨대 음악은 세상을 바꾼 적이 단 한 번도 없다. 역사가 증명한다. 다만 음악은, 그리고 예술은, 세상을 바라보는 우리의 관점을 아주 조금은 바꿔줄 수 있을 것이다.

몇 년 전 텔레비전 음악 예능 프로그램을 통해서 어떤 곡을 오랜만에 만났을 때 깊이 감동했던 기억이 있다. 곡의 정체는 〈할렐루야〉. 이제는 세상에 없는 레너드 코언이 1984년 발표한 곡이다. 이 곡은 신을 찬양하는 노래가 전혀 아니다. "이건 승전가가 아니야. 차갑고 망가져버린 할렐루야지."라는 노랫말을 보라.

해석하기 영 쉽지 않은 곡이다. 그러나 레너드 코언이 창조한 성스러운 멜로디가 가사와 만났을 때 어떤 기적과도 같은 순간이 빚어진다. 그 기이한 매혹에 잠식된 건 나만이 아니었다. 제프 버클리를 필두로 U2의 보노, 루퍼스 웨인라이트, 토리 켈리 등 수많은 가수가 앞다투어 이 곡을 다시 불렀으니까. 이 곡을 들으며 진심으로 울먹였던 순간을 잊지 못한다.

그러나 동시에 나는 음악이라는 게 별것 아니라고도 생각한다. 음악 없이도 아주 잘 살 수 있을 거라고 믿는다. 그러니까, 절대를 상정하지 않고 양립 불가능한 것들이 때론 양립 가능하다는 사실을 깨달아가는 것. 전선에 함몰되지 않고, 어떤 주의에 물들지 않으며, 진영 논리에 휘둘리지 않는 삶을, 나는 바라고 또 바란다.

하나 더 있다. 나는 그 대상이 무엇이든 과한 의미를 부여하는 삶을 원치 않는다. 뭔가 사명감에 불타는 사람이 되고 싶지 않고, 그런 사람이 주변에 있다면 적극적으로 거리 두기 하고 싶다. 냉면에서도 꽤나 진지하게 순수주의를 고집하는 사람을 경계해야 한다고 말한 이유 역시 이와 같다.

그 어떤 기대도, 요구도, 사심도 없이 냉면 한 그릇 마주하면 그것으로 충분히 족하다. 새로 오픈한 가게에 애써 매달릴 필요 역시 더 이상 나를 자극하지 못한다. 새로운 것을 더 좋은 것으로, 더 가치 있는 것으로 착각하면서 사는 삶, 이제는 좀 지쳤다.

이것이 바로 나만의 (냉면) 윤리학이다.

실패하더라도 나만의 기준으로

목하 평점의 시대다.

나도 그렇다. 오늘 점심, 배달 앱을 통해 짬뽕과 짜장면으로 해결했는데 평점이 무려 4.9점짜리 집이었다. 거의 만점이란 뜻이다. 오오. 굉장하도다. 주문을 하지 않을 이유가 없다. 대학교를 10학기 만에, 그것도 계절학기 수업 꽉꽉 채워서 겨우 졸업한 나에게 저런 평점은 아론의 지팡이와도 같다. 떠받들어 모셔야 할 절대반지다. 마이 프레셔스.

우리가 평점 높은 집을 애써 찾는 이유, 다른 게 아니다. 실패할 확률을 조금이라도 낮추고 싶어서다. 여기, 평양냉면 입문자가 한 명 있다고 치자. 그는 〈배철수의 음악캠프〉 작가를 하고 있는 상암동의 누구처럼 친구가 별로 없다. 혼자 조용히 먹는 걸 좋아하는 편이기도 하다. 별다른 사연이 있는 건 아니었다. 돌연히 "나도 이제 평양냉면 좀 먹어봐야겠군."이라는 욕망이 자연스럽게 꿈틀거렸다고 그는 증언한다.

주변에 조언을 구하기보다는 직접 찾아보는 게 여러모로 낫겠지 싶어 손가락 운동도 할 겸 검색창에 평.양.냉.면. 네 글자를 쳐본다. 그런데 이게 무슨 일인가. 그는 서울에 평양냉면 가게가 이렇게 많을 줄은 상상도 못했다. 끝도 없이 펼쳐지는 리스트를 보면서 잠시 할 말을 잃는다. 냉면도(道)를 걷고 싶어 했던 이 초보자는 자칫 광대한 냉면의 바다 위에서 길을 잃고 헤맬 수도 있겠다는 위기의식을 느낀다. 그에게도 나처럼 돛이 되어주고 나침반이 되어줄 존재가 필요하다. 하지만 괜찮다. 전능하신 평점께서 그를 구원해줄 테니까.

이것은 참으로 역설적이다. 그렇지 않나. 원래 그는 남의 도움 받기 싫어서 직접 찾아보려 했다. 그랬던 그가 결국 타인의 평점에 의존하고 있는 결과가 되어버린 것이다. 이렇게 평점은 동조 압력처럼 작용한다. 모두가 평점을 보고 뭘 먹을지 결정하고, 평점을 보고 뭘 볼지 결정하고, 평점을 보고 뭘 살지를 결정한다. 간단하게, '남이 좋다는 걸 구입하는 시대'라고 할 수 있다.

비단 음식만이 아니다. 음악에서도 비슷한 현상이 벌어지고 있다. 평점을 큐레이션이나 플레이리스트로 바꾸면 된다. 한번은 지인의 소개로 음악업계에 종사하는 사람을 만난 적이 있었다. 미국에서 일하는 그와 점심을 함께 먹으며 꽤 많은 이야기를 나누었는데 굉장히 흥미로웠다. 당신은 지금 미국 시장에서 가장 영향력 있는 음악계 인사가 누구라고 생각하나. 그의 대답은 의외였다. 바로 '스포티파이 큐레이션 서비스 담당자'라는 것이었다.

과연, 그럴 만하다 싶었다. 스포티파이는 미국을 포함한 전 세계에서 가장 많은 구독자를 확보하고 있는 음악 스트리밍 서비스 업체다. 먼저 질문을 던져본다. 당신은 스포티파이에 '매일' 업데이트되는 곡이 얼마 정도일 거라고 예측하나. 놀라지 마시라. 무려 4만 곡이다.

물론 나도 알고 있다. 저 4만 곡 중에는 기존 곡을 리믹스했거나 도저히 들을 수 없을 정도로 대충 만든 음악의 비중이 꽤 높을 것이다. 그렇다면 많이 양보해서 최소 1만 곡이라고 잡아도 엄청난 숫자다. 사정은 국내도 크게 다르지 않다. 매일 올라오는 신곡 체크하는 것만으로도 벅차다. 솔직히 이거 한 사람이 다 못한다.

확실히 우리는 음악 공급 과잉의 시대에 살고 있다. 하루하루 지날수록 내가 감당할 수 있는 음악의 양과 절대적인 양 사이의 격차는 현격하게 벌어질 게 분명하다. 앞서 말한 평양냉면 초심자처럼 음악의 망망대해 위에서 방향감각을 상실하기 딱 좋은 모양새다.

그렇다. 이게 바로 주제를 정해 플레이리스트를 제공하는 유튜버의 채널이 수백만 조회수를 올리고, 선호도를 파악해 음악을 추천하는 큐레이션 시스템이 우리 시대의 정언명령처럼 작동할 수밖에 없는 이유다. 내가 FM 라디오의 미래가 어둡지만은 않다고 판단하는 지점 역시 여기에 바탕을 두고 있다. 이를테면 '선곡자'의 역할을 해주는 셈이다.

스포티파이가 제공하는 큐레이션 시스템을 혹시 사용해봤는지. 나는 직업이 직업인지라 당연히 써봤다. 결론부터 말하자면 충격이었다. 이건 단순한 큐레이션이 아니었다. 마치 '내 취향을 속속들이 알고 있는 음악 친구'를 만난 인상과 비슷했다. 어쩜 이렇게 내가 좋아할 만한 곡들만 뽑아서 추천해주는

지 가끔씩 누가 나를 감시하고 있는 것 아닌가 하며 주위를 돌아보곤 했다…는 건 물론 거짓말이다. 어쨌든 스포티파이 큐레이션을 만난 뒤로 나는 음악 선택에 있어 실패를 경험한 적이 거의 없다.

내가 말하고자 하는 핵심이 바로 이것이다. 과거에는 그렇지 않았다. 십대와 이십대에 걸쳐 나는 수시로 실패했고, 피 같은 내 돈을 생각하며 잠 못 이뤘다. 명반이라고 칭송받던 음반이 별로인 경우가 있었는가 하면, 보통이겠지 싶던 앨범이 내 마음 정중앙에 꽂힌 경우도 있었다. 당대의 음악 평론가들이 쓴 글과 해외 음악잡지의 글을 총동원한 뒤에 사고 싶은 음반 리스트를 쭉 쓰고, 쥐똥 같은 알바비를 아껴서 보물찾기 하듯 하나둘 컬렉션했다. 그중에는 대박도 있고, 중박도 있었으며, 가끔씩은 쪽박이 출연해 내 억장을 무너뜨렸다.

생각해본다. 과거처럼 실패할 일이 없는 현재의 음악 듣기란 과연 좋은 것일까. 어쩌면 이것은 우리가 사는 세계의 꼴과 묘하게 맞닿아 있는 것은 아닐까. 1990년대까지만 해도 대학생활이란 일종의 유예기였다. 사회라는 전쟁터에 입성하기 전, 시간을 두고 준비를 할 수 있게끔 도와주는 완충지대 역할을 해줬다. IMF라는 암흑기가 있기도 했지만 1990년대 중후반 학번까지는 뭐랄까, 미래에 대해 묘하게 긍정적인 감각 같은 것을 공유하고 있었다. 설령 실패한다 할지라도 '뭐, 어떻게든 되겠지.' 싶었는데 대부분 진짜로 어떻게든 되어서 지금까지도 잘 먹고 잘 살고 있다.

지금은 상황이 완전히 다르다. 이와 관련해 대기업 다니는 내 친구가 했던 얘기는 의미심장하다. "내가 회사 들어갔을 때처럼 취업 준비하면 지금은 어림도 없어. 서류에서 다 떨어져."

더 이상 실패는 경험이라는 이름으로 호명되지 않는다. 이른바 달관 세대라고도 불리는 현재의 이십대에게 최우선 가치는 오로지 생존뿐이다. 비단 대한민국만이 아니라 전 세계에 걸쳐 생존이 삶보다 중요시되는 터에, 음악 듣기란 점점 더 사치에 가까운 행위가 되어가고 있다. 어떻게든 살아남아야 하는 시대, 실패가 용납되지 않는 시대. 음악 듣기에 있어서의 실패는 곧 시간 낭비에 다름 없는 까닭이다.

내가 큐레이션 서비스를 이용하면서 양가적인 감정에 휩싸이는 건 바로 이 때문이다. 거기에는 지극히 자연스럽다 할 실패에 대한 확률이 계산되어 있지 않다. 게다가 이 서비스는 가까운 미래에 사람이 아닌 인공지능이 전부 담당할 게 확실하다. 이미 등장한 인공지능 스피커와 마찬가지로 큐레이션은 더욱 완벽해질 것이다. 음악 듣기에 있어서도 극단적인 효율성을 추구하는 이런 흐름이 과연 어떤 미래를 그릴 것인지 궁금해진다.

조심스럽게 제안하고 싶다. 평양냉면이든 음악이든 그 무엇이든 상관없다. 어느덧 자취를 감춰버린 그 기쁨, 오로지 내 오감을 총동원해 발휘한 사람만이 얻을 수 있는 그 기쁨, 직접 찾아나서보면 어떨까 싶다. 그냥 내 느낌을 믿는 거다. '그래, 이거다.' 싶으면 망설이지 말고 이순재 아저씨처럼 직진하는 거다.

실패할 수 있다. 그럴 수 있다. 그 실패를 최소화하고 싶은 마음도 안다. 한데 고작해야 입에 좀 안 맞는 음식 한 끼 먹는 것에 불과하다. 아니다 싶으면 다른 평양냉면집을 같은 방식으로 또 용감하게 찾아나서면 된다. 그러다가 어느 순간 그 기쁨, 마음껏 누릴 수 있게 될 것이다. "이 집은 다른 누구도 아닌 내가 발견했어!"라는 외침과 함께.

심지어 음악이라면 실패가 아닌 내 취향의 경계를 확장하는 티핑포인트로 삼을 수도 있다. 내가 록을 좋아하니까 록을 예로 들면, 큐레이션이나 플레이리스트에만 의존해 일생 록 음악만 듣고 사는 거 좀 억울하지 않냐 이 말이다. 남이 좋다고 하는 음악만 듣고 사는 거 왠지 아쉽지 않냐 이 말이다. 세상은 넓고, 나라는 한국과 미국, 영국만 있는 거 아니고, 좋은 음악은 무한대로 펼쳐져 있다.

나도 안다. 우리는 초울트라 경쟁 사회인 대한민국에 살고 있다. 입시에 실패해선 안 될 것이다. 취직에 실패해서도 안 될 것이다. 하지만 취향에 있어서만큼은 가끔 실패해도 괜찮다.

세상 어디에도 없는 물냉면

고등학교 때 중국어를 전공했다. 외국어 고등학교라서 나름 강도 높게 배웠는데 지금도 가장 도움이 되는 건 한자 1,800자를 어떻게든 외웠다는 거다. 글 쓰고 읽는 입장에서 한자를 알면 표현과 이해의 범위가 넓어지는 동시에 뜻을 함축할 수 있다는 결정적인 장점이 생긴다. 우리는 한자 문화권에 살고 있다. 이걸 부정할 순 없다고 본다.

그럼에도, 몇 년 전부터 한자 교육에 관한 설왕설래가 끊이질 않았다. 한자는 구식 교육의 잔재라며 비판하는 사람의 글도 몇 봤다. 그런데 정작 자기가 쓴 비판 글의 거의 대부분이 한자로 이뤄져 있다는 걸 본인은 모르는 듯싶었다. 이거 참 흥미로운 아이러니다.

나는 중국어를 현재까지도 꾸준히 배우고 있다. 일주일에 1회 화상으로 수업을 듣는데, 선생님은 춘천에 살고 있다. 당연히 중국 사람이다. 한국인 남편과 결혼해 춘천에서 아이들을 가르치고, 나 같은 성인은 화상 강의로 개인 수업을 한다. 선생님은 정말 좋은 분이다. 게다가 재미있게 잘 가르친다. 혹시 중국어 수업이 필요한 사람은 나에게 연락하기 바란다.

선생님과 수업을 시작하면 대개 질문은 다음처럼 시작된다. "오늘 뭐 했어요?" 혹은 "일주일 동안 뭐 했어요?" 내 대답은 매일 다르다. 바빴던 날에는 했던 일에 대해 말하고, 맛있는 걸 먹었을 때는 뭘 촵촵 했는지를 설명한다. 선생님 역시 나만큼 음식을 좋아한다. 수업 도중 교재에 중국 음식이 나오면 자세한 설명을 위해 사진을 찾아 보여주는데 자기가 도리어 너무 먹고 싶다고 하소연을 한다. 그 눈빛이 참으로 애절해서 가능하다면 내가 다 사주고 싶을 정도다.

2020년 어느 날, 날이 더워 중국 냉면을 주문해서 먹고 수업을 들었다. 토요일 오후였을 거다. 갑자기 궁금증이 일었다. 중국 사람이 평가하는 중국 냉면은 어떤지 알고 싶었다. 그래서 물어봤는데 선생님의 대답은 예상 밖이었다. 중국에는 냉면이 없다는 거였다. 혹시 있더라도 중국 국적을 지닌 한국인들이 만든 게 전부일 거라고 선생님은 부연했다.

아마 2018년이었나? 〈현지에서 먹힐까?〉라는 텔레비전 프로그램이 있었다. 중식의 대가 이연복 셰프가 요리를 좀 할 줄 아는 연예인들과 함께 외국에 나가서 푸드 트럭을 운영한다는 내용으로 진행되었던 리얼리티 쇼다. 그중 중국편에 등장한 한 가족이 기억난다. 5인 가족이었다. 아빠와 엄마 그리고 딸 세 명.

그날 방송에서 아빠는 자리에 앉을 때부터 분노에 차 있었다. 이연복 셰프가 조리한 한국식 짜장면을 접하기 전에 먹었던 음식이 형편없었기 때문이다. 아빠는 짜장면을 한입 먹더니 화를 냈다. 물론 짜장면이 너무 맛있어서 화가 난 거였다. 곧장 다시 일어난 아빠는 두 그릇을 추가 주문한 뒤 세 아이에게 다음과 같은 설교를 하기 시작했다.

"아침에 먹었던 그 거지 같은 치엔청빙(우리나라 호떡 비슷한 음식)이 15위안이었어. 누가 그걸 15위안에 먹어. 18위안이면 오리지널 한국식 짜장면을 먹을 수 있는데."

나는 지나친 국가주의를 경계하는 편이다. 국가주의에 함몰되어 다른 국가를 싸잡아 비난하는 태도야말로 이 세계를 망치는 악성종양이라고 생각한다. 그렇지 않나. 국가로 사람을 판단하면서 동양인 인종차별하지 말라고 부르짖는 건 자기 모순이다.

　내 평생 "일본은 그냥 싫어." "중국은 무조건 최악이야."라는 말을 내뱉어본 적이 없다. 이유는 뻔하다. 그럴 리가 없기 때문이다. 나는 내 중국어 선생님이 좋은 분이라고 확신한다. 선생님 외에도 중국에는 개인으로 만나면 좋은 사람, 부지기수일 것이다. 당연하다. 내게는 일본인 친구가 한 명 있는데 인간적으로 본받을 점이 정말 많다. 이 친구 외에도 훌륭한 일본인은 얼마든지 있을 것이다. 뭐로 보나 자명한 사실이다.

　아마 당신은 무라카미 하루키를 알고 있을 것이다. 그는 자신의 작품을 통해 과거 일본의 만행을 끊임없이 비판해왔다. 그런데도 무라카미 하루키를 조금만 좋은 쪽으로 언급해도 그가 일본인이라는 이유만으로 불쾌함을 내비치고 욕설까지 하는 사람을 많이 봤다. 한국인이면서 어떻게 일본인을 칭찬할 수가 있느냐는 거다.

　그들이 그런 식으로 말하고, 행동하는 이유, 따지고 보면 악해서가 아니다. 악행은 대개 악의가 아닌 무지에서 나온다. 경험하지 않고는 알 수 없는 것이 분명히 있다. 조금만 찾아보면 일본의 과거를 제대로 반성해야 한다고 주장하는 일본인이 무라카미 하루키 외에도 생각보다 많다는 걸 알 수 있다. 그런데도 그들은 찾지 않는다. 왜냐하면 스스로의 편견을 깨부수는 게 두렵기 때문이다. 틀렸다는 걸 인정하고 싶지 않기 때문이다.

비단 일본과 중국만이 아니다. 한국도 똑같다. 아니, 전 세계 모든 국가가 동일하다. 어떤 사람은 선하고, 어떤 사람은 악하다. 국가로 그들을 판단하는 건 그저 폭력에 불과하다고 믿는다. 우리는 인간 대 인간으로, 개인 대 개인으로 만나야 한다. 인식의 렌즈를 깨끗이 닦고 국가라는 장막을 걷어내야 사람이 보인다. 국가를 방패 삼아 그저 혐오를 쏟아내는 데 급급할 뿐인 인생이라는 건 얼마나 초라한가 말이다.

그럼에도 불구하고, 내 안에 국뽕의 찌꺼기가 남아 있음을 또한 부정할 수 없다. 이 찌꺼기는 아주 가끔 불씨를 만나 활활 타오르고는 한다. 나는 손흥민 선수가 골을 넣으면 괴성을 지른다. 마찬가지로

월드컵에서도 (갈수록 국가대항전에 대한 관심이 줄고는 있지만) 한국 대표팀이 잘했으면 하는 바람을 갖고 있다. 지극히 자연스러운 마음이다. 앞에 언급한 중국인 아빠를 보는 마음도 그렇다. 중국 현지에서 우리나라 셰프가 만든 짜장면이 그리 맛있었다니, 괜히 내 어깨가 으쓱해진다. 나도 덩달아 맛있는 짜장면 한 그릇 때리고 싶어진다.

그렇다면 짜장면을 먹은 뒤에는 무엇을 해야 하나. 당연히 시원한 물로 입가심을 해야 마땅하다. 하지만 중국 사람에게는 좀 낯선 것 같다. 영상을 보면 한국 사람이 차가운 물 마시는 것에 대해 이유를 궁금해한다.

하긴 그럴 만도 하다. 중국 본토에서는 식사 뒤에 찬물을 마시지 않는다. 뜨거운 차를 즐긴다. 차가운 건 건강에 좋지 않다는 인식 때문이라고도 하고, 중국 음식에 기름기가 많아서 소화를 돕는다고도 한다. 혹자는 물이 깨끗하지 못해 그렇다고 주장하는데 확인된 바는 없다.

차가운 물을 잘 마시지 않으므로 냉면도 당연히

없다. 비슷한 음식이 있긴 하다. '량미엔(涼面)'이라고 해서 이런저런 소스를 비벼서 먹는 면 요리다. 그와 달리 한국 중식당에서 제공하는 중국 냉면을 살펴보면 아주 차가운 육수에 여러 해산물과 채소, 땅콩 소스가 들어간다는 걸 알 수 있다. 그러나 중국에는 없다. 진짜 없다. 그런데도 중국 냉면이라고 부른다.

흥미로운 팩트가 하나 있다. 없는 건 중국만이 아니라는 점이다. 그러니까, 시원함을 넘어 차갑다고 할 국물에 면을 잠길 듯 푹 담가서 '함께' 먹는 요리는 전 세계에 한국 빼고는 없다. 선천적으로 의심증이 있는 당신은 아마 반문할 수 있을 것이다. 그거 진짜냐고. 확실하게 말할 수 있는 거냐고. 괜찮다. 의심이 많다는 건 좋은 거다. 무조건적으로 받아들이기에 앞서 비판적으로 사고할 수 있는 능력이 있다는 의미일 테니까.

그런데 레알이다. 나도 궁금해서 이 잡듯이 자료를 검색해봤는데 그런 음식이 있는 국가는 오직 코리아뿐이라고 한다. 즉, 면에 소스를 비벼 먹거나 찍어 먹거나 하는 경우는 있어도 '물'냉면 형식의 음식을 오랜 세월 즐겨 먹어온 국가는 한국이 유일무

이하다는 것이다.

일본의 경우, '히야시추카(冷し中華, 한국에서는 냉라멘)'라는 음식이 있는데 비빔면에 가깝다. 국물이 많은 한국의 냉라멘은 중국 냉면과 똑같이 이 땅에서 변용된 결과물이다. 소바(메밀 국수)도 동일하다. 무지 차가운 쯔유에 푹 담가져 나오는 냉소바, 정작 일본에는 없다. 소바를 쯔유에 찍어서 먹는 방식도 한국과 일본이 서로 다르다. 일본에서는 쯔유에 면을 3분의 1 정도만 찍어 먹는 반면 한국 쯔유는 일본만큼 짜지 않아 푹 담갔다가 먹어도 괜찮다. 보통 우리가 사투리로 '모밀 국수'라고 부르는 바로 그 음식이다.

가까운 중국이나 일본에 우리가 아는 물냉면이 아예 없지는 않다. '연변 냉면'과 '모리오카 냉면'이 바로 그것인데 둘 모두 그 쪽 국가가 아닌 한국을 기원으로 한다. 동포들이 파는 음식이라는 거다.

이게 바로 외국인을 대상으로 "한국 음식 중 싫어하는 게 있다면?"이라는 설문조사에서 물냉면이 언제나 당당히 최상위권에 랭크되는 이유다. 어느

덧 한국 음식이 해외에서도 널리 받아들여지면서 물냉면도 잘 먹는 외국인(특히 일본인)이 늘기는 했지만 여전히 대부분의 외국인은 차가운 국물에 면을 넣어 먹는 방식 자체를 상당히 낯설어한다.

대체 왜 그럴까를 고민해봤지만 해답을 찾지는 못했다. 혹시 한국인이 기본적으로 '화'가 많은 민족이어서? 설마, 그렇다면 저 먼 옛날부터 한국은 이미 분노 사회가 될 채비를 완전히 마친 상태였다는 의미인가. 다시 머리를 쥐어짜봐도 알 수가 없다. 다 냉면 관련한 내 공부와 지식이 부족한 탓이지만 이 책은 애초에 그럴 목적으로 쓰인 게 아니라고 변명해본다.

도움을 받을 수 있을까 하는 생각에 소셜 미디어에 냉면의 기원을 묻는 질문도 올려봤다. 내 페친 중에는 음식 문화/역사 도사들이 유독 많기 때문이다. 그중 몇 개의 댓글을 정리해 소개해본다.

— 우리나라는 김치 문화가 발달해 (동치미를 포함한) 시원한 김치 국물까지 활용하다 보니 그렇게 되지 않았을까.

— 온돌 문화의 영향일 가능성이 없지 않다. 추운 겨울, 온돌 때문에 되려 너무 더워서 밤에 깨면 배는 고픈데 먹을 수 있는 거라고는 동치미 같은 차가운 국물밖에 없었으니까.

— 해장용으로 정착된 거다. 코리아 하면 역시 알코올 아니긋나.

— 한국은 물이 깨끗하고 맛있어서 아닐까요. 석회수에 냉면 육수 만든다고 생각해보세요. 우웩.

혹시 이것과 관련해 정확히 알고 계신 분이 있다면 출판사로 연락 바란다. 그때까지 정답은 하늘만이 알고 있는 것으로 치고 있겠다.

다시 중국 냉면으로 돌아와서.《한겨레》와 인터뷰를 진행한 여경옥 중식 셰프의 증언에 따르면 중국 냉면이 활성화된 건 1980년대부터였다고 한다. 아시안게임과 올림픽을 거치면서 고급 중식당이 발전했고, 여러 가게에서 시원한 국물이 특징인 냉면을 서비스하기 시작했다는 거다. 따라서 중국 냉면은 어느 날 천지개벽하듯 창조된 게 아니라 일찍부터 한국 중식당에도 있었던 량미엔이 한국인의 입맛에 맞게 변형된 요리라고 보는 게 맞지 않을까 싶다.

　　대한민국 음식이 세계 곳곳에서 (이런 유의 수식을 선호하지는 않지만) 'K-푸드'라는 타이틀 아래 널리 퍼지고 있다. 이건 국뽕이 아닌 팩트에 가깝다. 유튜브만 봐도 한국 음식 관련한 외국 채널이 엄청나게 증가했음을 알 수 있다. 조회수도 높다. 외국에서도 오리지널을 고집하는 경우가 있지만 해외에서 운영되는 한식당들 중 대부분이 '현지화'의 과정을 어느 정도 거치기 마련이다. 예를 들어 매운맛에 취약한 지역에서는 매운맛의 강도를 조금 낮추는 게 일반적이다. 이건 왜곡이 아니다. 우리도 해외 여행이나 이민 가면 그쪽 관습에 어느 정도 맞추는 게 도리어 나에게 이익으로 돌아오지 않나. 음식도 마찬가지다.

　　어쨌든 이런 세상이 올 거라고 감히 누가 상상했겠나. 한국인 축구 선수가 세계 최고의 리그에서 월드 클래스 공격수로 찬사를 받고, 한국 음식은 비빔밥을 넘어 폭넓게 사랑받고 있다. 한국 아이돌 그룹이 빌보드 싱글 차트 1위를 하는 건 어느 순간 지극히 당연하게 보여서 놀랍지도 않을 지경이다.

그렇다. 아무리 거부한다고 해도 내 안에 있는 국뽕의 찌꺼기는 사라지지 않는다는 걸 겸허한 자세로 인정해야 한다. 내가 한국 사람이라는 정체성 자체에 불씨는 이미 존재하고 있으니까 말이다. 그럼에도, 지나친 국가주의라는 악마를 우리는 또한 사주 경계해야 할 것이다.

방구석에서 재현하는 현장의 맛

이른바 밀키트의 전성 시대다. 나는 바로 어제도 평양냉면 밀키트를 주문했다. 다른 가게도 아니고, 53년 전통의 의정부 평양면옥에서 출시한 밀키트다. 가격은 2인분에 배송비 빼고 12,600원. 맛이 어떨지는 장담할 수 없지만 일단은 만족할 만한 가격이다. 되려 너무 싸게 파는 거 아닌가 걱정도 된다. 하하. 오지랖 참 넓기도 하지.

아무튼 어지간한 평양냉면 밀키트를 다 먹어봤다. 나는 천상 쫄보에 겁보다. 나에게 피해 오는 것도 싫어하고, 남에게 피해 주는 건 더 싫어한다. 나는 코로나19 바이러스에 걸리길 원하지 않는다. 행여 나 때문에 내 주변 사람들까지 검사받게 만드는 상황을 결단코 원하지 않는다. 게다가 라디오는 거의 매일 생방송을 해야 한다. 조심 또 조심하는 것 외엔 도리가 없다.

따라서 내가 할 수 있는 최선은 외출 자체를 자제하는 거였는데, 현재까지 약간 과체중이지만 비만은 아닌 대한민국 중년 남성답게 배가 조금 더 나온 것 빼고는 아무 문제가 없다고 전해진다. 다시 한번 강조하지만 나에겐 친구가 많지 않기 때문이다. 나는 기본적으로 밖에서 술 마시고 떠들지 못하면 좀이 쑤시는 체질과 거리가 멀다. 그보다는 집에서 책을 읽을 때 평온해지고, 맥주 마시면서 게임을 할 때 행복해진다.

　외출을 좀처럼 하지 않다 보니, 평양냉면집 역시 자주 가지를 못했다. 가봤자 MBC 방송국 부근에 위치한 '배꼽집'이나 '양각도'에 점심을 해결하러 갔을 때뿐이었다. 사실 이 두 군데면 어느 정도 버틸 만하다. 내 최애인 우래옥이나 을지면옥, 마포 능라도 등에 가지 않아도 견딜 수 있다.

　도리어 자주 가지 못해 아쉬운 곳은 신세계 백화점 본점 식당가에 있는 '평양면옥'이다. 몇 번 가지도 못했는데 코로나가 터졌다. 여기, 아직 덜 알려진 평양냉면 찐맛집이다. 백화점이라서 더위 걱정 없이 기다릴 수 있다는 장점도 있다. 강남권에 위치한 가게, 예를 들어 '진미평양냉면' 같은 집은 어차피 거리 문제로 자주 방문하질 못했으니까 수월하게 참을 수 있다. 개인적인 애정도가 상대적으로 떨어진다는 의미다.

그래도 진미평양냉면은 참 맛있다. 예전에 '디 엑스엑스(The XX)'의 내한공연 보러 가기 전에 일행과 함께 들러 저녁을 먹은 적이 있었다. 인간적으로 너무 맛있어서 식사 중간에 "그냥 공연 보는 거 째고 계속 여기서 놀까?" 진지하게 논의했던 게 기억난다. 물론 진짜 그러지는 않았다. 이후 적당한 웨이브로 출렁이는 배를 부여잡고 관람한 디 엑스엑스 라이브는 결국 내 인생 공연 중 하나가 됐다. 안 갔으면 정말이지 크게 후회할 뻔했다.

어쨌든, 우리에게는 아주 정성껏 만들어진 밀키트가 있다. 코로나로 인해 밀키트의 퀄리티가 전반적으로 상승했다고 하는데 평양냉면이라고 해서 예외일 리 없다. 냉면력(力)이 유독 달리는데 밖에 나가기는 좀 귀찮거나 무서운 날이 있더라도 걱정 마시라. 잘 만들어진 밀키트가 최선의 선택지가 되어 줄 테니까.

총 세 개의 밀키트를 꼽고 싶다. 가나다순으로 '봉피양', '서경도락', '한우 다이닝 울릉'에서 출시한 밀키트다. 이중 한우 다이닝 울릉의 밀키트는 심사

숙고해서 구입해야 한다. 검색해보면 알겠지만 가격이 꽤 나간다. 더욱이 냉동 보관이 안 돼서 최대한 빨리 처리해야 한다. 그래서 나도 구입한 날 바로 먹고, 그다음 날 또 먹었다. 나머지 두 곳은 가격도 조금 저렴하고, 냉동 보관이 가능하다. 맛은 뭐, 셋 다 훌륭하다. 봉피양과 서경도락이 가게에 직접 가서 먹는 것의 7할 정도 수준이라면 한우 다이닝 울릉은 비싼 만큼 8할은 된다.

기왕 가격 얘기가 나왔으니 덧붙여본다. 가끔 평양냉면이 어떻게 1만 원이 넘느냐고 불평하는 사람을 본다. 경험적으로 분석해봤을 때 대부분이 나와 비슷한 또래의 아재다. 언제나 궁금했다. 양식이 비싼 건 꽤 당연하게 받아들이면서 한식이 비싸면 왜 참지를 못하는지 이유를 묻고 싶었다.

파스타를 예로 들어보자. 명성 높은 이탈리아 식당에 가면 파스타 한 그릇에 최소 2만 원은 받는다. 3만 원 넘는 곳도 많다. 이런 식당과 비교해 평양냉면 한 그릇에 들어가는 재료와 정성이 뒤진다고 볼 수 없다. 주변에 혹시 프로 요리사가 있다면 붙잡고 한번 물어보라. 평양냉면은 재료비가 상당히 높은 축에 속하는 요리다. 집에서 육수까지 직접 만들기에 도전한 사람들이 예외 없이 동일한 결론, "그냥 가게 가서 사 드세요."에 도달할 수밖에 없는 이유다.

해결책은 간단하다. 나는 앞서 모든 냉면은 인간 앞에 평등하다고 강조했다. 굳이 평양냉면이 아니더라도 냉면이 당길 때 고를 수 있는 싸고 맛난 냉면집은 많다. 터무니없을 정도로 많다. 여기에 밀키트도 하나의 선택지가 될 수 있을 것이다.

1만 원 넘지 않는 평양냉면이 없는 건 아니다. 남대문 '부원면옥', 광진구 '서북면옥', 망원동 '달고나' 같은 가게에서 지금도 '만 원의 행복' 마음껏 누릴 수 있다. 이 중 내 마음속 넘버원은 '달고나'다. 가격은 정확히 1만 원. 심지어 인근 지역 배달도 하는데 퀄리티가 놀라울 만큼 좋다.

물론 음식으로 사기 치고 고객을 속이려 하는 인간이 극소수 있다는 걸 나도 모르지 않는다. 그러나 재료의 비용이나 만드는 수고에 대한 기본 지식도 없이 그저 비싸다는 이유로 악플을 달고 욕하는 것 역시 예의가 아니다.

작은 불만 하나 적어본다. 평양냉면 위에 얹어 져 나오는 달걀 완숙 반쪽, 대부분의 식당에서 완성 도가 너무 떨어진다. 과하게 삶아서 노른자 가장자 리가 회색을 띠는 집도 많다. 홍대/합정/망원/연남 상권에 부쩍 늘고 있는 일본 라멘집들과 비교하면 그 차이는 민망할 정도로 현격해진다. 음식 맛은 손 맛이기도 하지만 그건 아마추어나 세미 프로의 영역 에서나 통용될 정의다. 진짜 프로는 언제나 디테일 에 엄격하다. 디테일 안에 아름다움의 원천이 기거 하고 있음을 안다.

모쪼록 달걀 하나에도 정성을 다하는 평양냉면 집이 많아졌으면 한다.

인생 최고의 평양냉면을 말하기 전에

2020년 초 〈배철수의 음악캠프〉가 30주년을 맞이해 영국 BBC에서 가서 생방송을 진행했다. 돌이켜보건대 모든 일정이 끝난 뒤 한국에 돌아와서 먹었던 평양냉면이 내 인생 최고의 평양냉면이었던 것 같다. 한데 이를 이해하기 위해서는 내가 BBC에서 어떤 일을 했고 어떤 경험을 했는지를 먼저 설명할 필요가 있다. 다소 구구절절할 수 있지만 언제나 직항만이 정답인 건 아니다. 잘 경유하여 평양냉면에 연착하기를 바라는 마음에서 적어본다.

처음에는 '이게 되겠어?' 싶었다. 〈배철수의 음악캠프〉 담당 프로듀서가 "30주년을 기념해 영국 BBC에서 생방송 하면 어때요?" 했을 때 내 반응은 "좋죠, 뭐."였다. 하긴, 싫다고 할 사람 누가 있겠나. 나는 사람이 공간을 건설하지만 그 공간이 결국 사람을 만든다고 믿는다. 비록 짧은 기간일지라도 새로운 공간에서 방송하면 마음가짐부터 달라질 게 분명하다. 혹시 아나. 괜히 의욕에 불타올라 일생 뭘 이뤄본 적 없는 내가 대단한 성취라도 해낼지. 어쨌든 정말로 될 거라고 보지 않았다. '꿈은 크게 갖는 게 좋은 법이니까.' 생각하고는 잊고 있었다.

　내가 방심했다. 이 프로듀서가 열정왕이라는 걸 미처 깜빡했다. 며칠 뒤 BBC 측에 메일을 보냈다고 말할 때까지만 해도 "답장이 오겠어요?" 그랬다. 하하. 그런데 이게 어쩐 일인가. 답장이 왔다. 그것도 매우 빠르고, 초대 의사가 명확하게 드러난 답장이었다. "배 작가님. 우리, BBC 갈 수 있을 것 같아요." 그 말을 듣자마자 '설마가 사람 잡는다'는 표현이 국어사전에 등재된 속담인지 찾아봤다. 국어사전은 역시 위대하다.

　결정이 되고나서부터는 기대가 컸다. 음악 관련 직업을 갖고 있는 나 같은 사람에게 BBC는 일종의 성지다. 그중에서도 우리가 갔던 마이다 베일(Maida Vale) 스튜디오는 역사가 가장 오래된 유서 깊은 곳이다. 비틀스를 필두로 콜드플레이에 이르기까지 수많은 대중음악의 전설이 마이다 베일 스튜디오에서 라이브 무대를 선보였다. 어떤가. 만약 당신이 음악 업계 종사자라면 저 이름만으로도 괜히 두근거리지 않겠나.

그곳에서 내 역할은 당연히 중국집 배달만큼이나 신속, 정확하게 음악을 찾아 배열하는 일이었다. 뭐, 걱정은 전혀 없었다. 명색이 BBC 아닌가. 엄청나게 방대한 라이브러리가 나를 기쁘게 해줄 거라고 확신했다. 디지털로 전환된 거대한 음악 도서관 내부에서 기분 좋게 방황하고 싶었다. MBC 라이브러리? 김흥국도 아니고, 어디서 갑자기 MBC를 들이대? 아직 가보지도 않은 BBC 뽕에 한껏 취했다.

결론부터 말하자면 내가 잘못 판단했다. 라이브러리의 폭과 깊이 모두에서 BBC는 MBC의 상대가 되지 못했다. 'BBC에 이것도 없다고?' 싶은 음악이 인간적으로 너무 많았다.

어디 라이브러리뿐일까. 시설도 꽤나 올드했다. 무엇보다 2차 대전 때 독일의 폭격을 피해 방송을 해야 했기에 스튜디오가 지하 깊숙이 있는 것부터가 문제였다. 와이파이가 엄청나게 느렸다. 이런 환경 속에서 어찌저찌 방법을 찾아내 유튜브로 생중계까지 해냈으니 과연 대한민국 인터넷 전사의 능력은 세계 최강이다. 이건 함께 동행한 세컨드 프로듀서의 공이 절대적이었다. 이 지면을 빌려 그의 노고에 찬사를 보낸다. 얼마나 난감했으면 BBC의 벽을 뚫어버리고 싶다고 했었지, 아마.

　비단 라이브러리와 인터넷만의 상황이 아니었다. 스튜디오 내부의 시설 전체가 비슷한 기조로 운영되고 있다는 걸 사전 답사하던 날 바로 알 수 있었다. 이를테면 이런 거다. "정말로 이건 못 쓰겠다 싶은 경우가 아니라면 최대한 잘 보존해 사용하고, 최악일 때만 신식으로 교체한다."

　BBC 마이다 베일 스튜디오와 MBC 1층 가든 스튜디오를 대놓고 직접 비교해볼까. MBC 라디오는 모든 게 최신 디지털식이다. 얼마나 최신이냐면 피아니스트 양방언 씨가 〈배철수의 음악캠프〉에 생방송으로 출연했을 때 "여기서 그냥 정규 앨범 녹음해도 되겠는데요." 했을 정도다.

　BBC는 그에 비하면 훨씬 아날로그적이다. 1960년대에 주로 사용했을 오르간이 고스란히 있는가 하면, 저 옛날부터 쓰던 마이크를 하나도 빼놓지 않고 다 보관해놓았다. 혹시 조지 6세의 일대기를 다룬 영화 〈킹스 스피치〉를 본 적 있나. 2차 대전 중 조지

6세가 BBC에 와서 연설할 때 썼던 마이크도 여기에서 직접 봤다. 이런 상황 속에서도 일주일간의 생방송을 무사히 잘 마쳤으니 기적이 있다면 별게 아니다. 이런 게 바로 기적이다.

아니다. 기적이라고 말하는 건 성심껏 협조해준 BBC 스태프에 대한 실례다. 이렇게 바꿔 말하고 싶다. 그러니까, 모든 변화가 곧 진보는 아닌 것처럼 조금 오래되었더라도 라디오에서는 괜찮다는 것이다. 〈배철수의 음악캠프 Live at the BBC〉 방송을 통해 나는 이 점을 다시금 절감했다. 만화 『파도여 들어다오』 속 대사를 한 번 더 빌리자.

"시간이 멈춘 것 같은 기계로도 어떻게든 할 수 있다는 점이 라디오의 멋진 부분인 것 같아요."

한 가지 더 있다. 결국 라디오의 매력을 최종적으로 완성하는 건 스태프도 아니고, 음악도 아니라는 점이다. 스태프와 음악은 어디까지나 보조 역할일 뿐이다. 물론 스태프가 일 잘하고, 음악 선곡도 끝내주면 좋다. 아주 좋다. 여기에 스튜디오와 장비까지 '하이엔드' 급으로 장만해놓았다면 금상첨화일 것이다.

그러나 디제이가 별로라면 별무소용이다. 메인 주방장의 실력이 수준 이하면 음식 맛을 기대할 수 없는 것과 같은 이치다. BBC에서 생방송을 끝내고 난 뒤 나는 거의 확신했다. 미래의 라디오에서 디제이의 존재감은 더욱 중요해질 거라고.

마치 초코파이가 부리는 마술처럼

보통 해외로 여행을 가면 우리는 다음 두 부류로 나뉘게 마련이다. 하나는 "당분간 한식 안 먹어도 돼." 파고, 다른 하나는 "며칠 지나면 어떻게든 한식을 먹어야 성에 차." 파다. 나는 완전하게 전자에 해당한다고 장담할 수 있다. 아니, 장담할 수 있었다. 영국 출장 전까지만 해도 분명히 그랬다.

말했다시피 영국에서 나는 '일'을 했다. 그것도 스스로에게 떳떳하다고 말할 수 있을 만큼 열심히 했다. 심지어 저 먼 이국땅에서 시차를 이겨내면서까지 최선을 다했다. 매일같이 다음 날 방송을 준비하고, 식사를 계획하고, 밤에는 식탁에 둘러앉아 맥주 한잔하면서 이런저런 얘기를 나눴다. 잠깐 짬이나면 런던 시내 이곳저곳을 돌아보고, 미술관에서 그림을 감상하기도 했다. 정말이지 잊을 수 없는 추억들이다. 여기까지는 아무런 불만이 없었다. 도리어 이렇게 즐거워도 괜찮은 건가 싶을 정도로 매일매일이 즐거웠다.

하지만 문제가 발생했다. 아마 영국에 도착하고 닷새 정도 지났을 때였던 것 같다. 이상했다. 갑자기, 마치 벼락처럼, 국물을 미친 듯이 드링킹하고 싶어졌다. 숙소에 국물이 없는 건 아니었다. 우리에게는 한국에서 가져온 라면이 있었다. 컵라면도 있었고, 봉지라면도 있었다. 매운 라면, 짜장 라면, 종류별로 있었다. 그러나 내가 벌컥벌컥하길 원했던 건 뜨끈한 국물이 아니었다. 머리가 쨍할 정도로 차가운 평양냉면 육수였다. 이게 간절했다.

스마트폰으로 검색해봤다. 만약 숙소 인근에 평양냉면집이 있다면 방송 스케줄이 끝나자마자 양해를 구하고 달려갈 심산이었다. 나만큼 평양냉면을 애호하는 배철수 디제이를 슬쩍 꼬시는 방법도 있었지만 일단 그건 찾고 나서 고려해볼 문제였다.

기실 결과는 뻔했다. '여기는 영국이니까 너무 비싸면 어떻게 하지? 아니야. 한 그릇에 5만 원을 달라고 해도 치토스처럼 먹고 말 테야.' 불꽃처럼 타올랐던 결심이 무색하게도 런던에는 당연히 평양냉면이 없었다. 인간이라는 존재가 이렇다. 어떤 결과가 나올지 직감하고 있으면서도 어떻게든 그걸 애써 외면하려 한다. 모든 일정이 다 끝난 뒤에 전체 회식을 했던 런던의 유명 한식당에도 평양냉면은 없었다.

그래서 두근두근했다. 한국 도착하자마자 집에다 짐을 풀고 평양냉면 가게로 달려갈 상상만으로도 흥분을 감출 수 없었다. 한데 기묘했다. 한국에 와서 정리를 다 끝내고 나니까 그 간절함, 마치 연기처럼 증발해버렸다. 나가기도 귀찮고 해서 그냥 집에서 밥 먹었다. 당장 내일 또 출근해야 하니까 쉬는 게 낫겠다 싶은 욕망 탓이 아무래도 컸다.

인간이 참 이렇게 간사하다. 그 재미없다는 군대 시절 이야기를 잠깐 해볼까. 군대에서 축구한 이야기는 아니니 걱정 마시라. 나는 1998년 1월 6일부터 2000년 3월 5일까지 군에서 복무했다. 포병 사격 지휘병이었고, 부대는 강원도 인제군 서화면 천도리에 위치해 있었다.

나는 그전까지 인제는 알았어도 천도리라는 곳은 존재하는지도 몰랐다. 반면, 2021년의 나 배순탁은 민방위까지 다 마친 한국산 진성 아재다. 제대한 뒤로 시간이 너무 많이 지나서 천도리가 어떤 마을이었는지 기억조차 희미하다. 입대했을 때와 사실상 진배없는 셈이다. 그럼에도, 딱 하나 확실하게 표현

할 수 있는 게 있다. 뭐가 별로 없는 휑한 곳이었다는 거다. 천도리에는 진짜 뭐가 없었다.

천도리는 여름엔 덥고, 겨울엔 추웠다. 먹을 것은 늘 부족했고, 아직 계급이 낮은 나는 제대로 누릴 수 있는 게 몇 없었다. 그 와중에 가장 소중한 건 일요일마다 돌아오는 종교활동 시간이었다. 지금이야 무신론자에 가깝지만 그 당시 나에게는 종교가 있었다. 어릴 때부터 믿어온 기독교였다.

나는 입대하기 전까지만 해도 이미 제대한 학교 선배들이 들려준 '초코파이를 통한 내 마음속 종교 대통합'을 신뢰할 수 없었다. 그깟 초코파이 하나 때문에 기독교에서 천주교로, 천주교에서 불교로, 불교에서 다시 기독교로, 매 주말마다 초코파이를 더 많이 주는 종교를 찾아 메뚜기처럼 뛰어다닌다는 걸 믿을 수 없었다.

오판이었다. 교만이었다. 지나친 자기 확신이었다. 나는 자대에 배치받기 전 강원도 양구에서 6주간 훈련병 생활을 소화했다. 어느 날 긴급 속보가 막사 안을 조용하지만 확실하게 강타하고 있었다. "지난주 종교활동에서 불교에 갔더니 초코파이를 무려

두 개나 줬다."는 거였다. 이 풍문은 나를 충격에 빠트렸다. 다소 부끄럽지만 고민 따위는 없었다. 그 주 일요일에 나는 불심(佛心)으로 대동단결했다.

이후 천도리에 있는 자대에 배치되었고 100일 휴가를 나왔다. 계급은 여전히 이등병. 만약 초코파이 빨리 먹기 대회를 하면 전국 우승도 거머쥘 자신으로 넘치던 때였다. 돌아가신 내 아버지는 선한 분이셨다. 생전 나에게 큰소리 내신 적이 몇 없었다. 못난 아들, 휴가 나온다고 아버지는 초코파이 한 박스를 사서 냉장고에 넣어두셨다. 하긴, 당신께서도 군대에 다녀왔으니 냉장 초코파이가 얼마나 맛있는지를 익히 알고 계셨을 게다. 냉장 초코파이 안 먹어봤으면 꼭 시도해보기를 추천한다. 냉동실에 넣어 얼려 먹는 요구르트처럼 개벽과도 같은 체험, 할 수 있을 것이다.

그런데 그 초코파이, 단 하나도 건드리지 않고 4박 5일 뒤에 자대로 복귀했다. 정말이다. 아무리 아버지가 초코파이 좀 먹어보라고 해도 "괜찮아요." 건성으로 대답하고는 밖으로 뛰쳐나가기 바빴다. 나는 천도리로 컴백해야 하는 마지막 날 빼고 나흘 동안 학교 친구, 선배들과 함께 소주에 삼겹살을 구워 먹었다. 어떤 선배는 고생했다고 그 비싼 고량주에 달콤바삭한 탕수육을 사줬다. 나는 날마다 대취했다.

집은 그저 잠만 자는 숙소에 불과한 곳이었다. 나는 날이 밝자마자 밥도 안 먹고 외출한 뒤에 새벽 2시는 되어서야 귀가했다. 거의 대기업 CEO 뺨칠 만큼 스케줄이 빠듯했다. 부모님과는 딱 하루 날을 잡아서 '점심'을 먹었다. 저녁에는 고객, 아니 친구와의 귀한 약속이 있었으니까. 그랬다. 그것은 누구에게나 있을 착각의 시절이었다. 당시 나에게는 선배, 후배, 친구와의 만남이 시급했다. 그리고 인간은 대개 시급한 걸 중요한 것으로 착각하고 산다. 앞서 언급한 소설가 김영하 씨의 깨달음은 여기에서도 빛을 발한다.

그러니까, 시급하다는 게 문제인 것이다. 군대에서는 간절했던 초코파이가 밖으로 나오면 더 이상 간절하지 않았다. 밖에서는 간절하지 않았던 초코파이가 휴가 마치고 복귀하자마자 놀랍게도 곧장 간절해졌다.

평양냉면도 마찬가지다. 영국에서는 없으니까 간절했다. 한국 와서는 얼마든지 원하는 시간에 먹을 수 있으니까 그 간절함, 흔적도 없이 쏙 사라졌다. 하하. 이쯤 되면 이건 혹시 흑마술 비슷한 게 아닐까 의심이 들 지경이다.

한국에 돌아와 며칠 뒤 〈배철수의 음악캠프〉 회식을 했다. 방송에서 여러 차례 밝혔지만 배철수 디제이는 술을 마시지 않는다. 마셔도 맥주 한 잔 정도다. 따라서 우리의 회식은 언제나 점심에 이뤄진다. 장소도 거의 대동소이하다. 상암 MBC에서 지근거리에 있는 유일한 평양냉면 가게, 배꼽집이다. 평양냉면에 돼지갈비(여기 돼지갈비도 훌륭하다.)를 주문한 뒤 영국에서 있었던 일을 다같이 하하호호 복기하면서 음식을 기다렸다. 10분 정도 흘렀을까. 마침내 평양냉면 한 그릇이 내 눈앞에 놓였다. 거의 한 달 반 만에 먹는 평양냉면이었다.

회상해보건대 그 평양냉면이 유독 맛있었던 이유, 지금까지도 내 뇌리에 생생히 박혀 인생 평양냉면이 된 이유, 특별해서가 아니었다. 도리어 지극히 일상에 가까워서였다. 하긴 그렇다. 열심히 일한 뒤

열심히 일한 동료들과 함께하는 식사를 이길 수 있는 건 이 세상에 몇 없다. 신기에 가까운 버튼 조작으로 최종 보스를 물리칠 때의 희열쯤은 되어야 겨우 맞짱 뜰 수 있을 것이다.

게다가 라디오는 뭐랄까, 가족적인 측면이 있다. 티브이 프로그램 만드는 사람과의 결정적인 차이점이다. 텔레비전은 프로그램 하나 만드는 데 최소 수십 명 많으면 100명까지 필요하다. 반면 라디오는 소규모다. 아무리 많아야 디제이까지 포함해서 다섯 명이면 된다.

〈배철수의 음악캠프〉가 딱 그렇다. 디제이, 프로듀서, 나 포함 작가 셋, 끝. 게다가 티브이는 일주일에 한두 번 촬영하지만 라디오의 경우 주말은 녹음 방송이라 치더라도 닷새는 매일 같은 시간 함께해야 한다. 청취자가 라디오를 1대1 소통으로 느끼는 것처럼 라디오 구성원 간에도 정서적인 친밀감이 깊어질 수밖에 없는 이유다.

라디오와 배철수와 나

나는 이 책의 초반부에서 잡담의 중요성, 즉 샛길로 새는 것이 도리어 영감의 원천이 되어줄 수 있다고 썼다. 앞서 라디오 이야기가 나온 김에, 궁금해할 독자가 있을 것 같기도 해서 지금부터는 잠시 작정하고 샛길로 새보려고 한다.

굳이 라디오를 평양냉면과 비교해보자면, 둘은 닮은 구석이 없지 않다. 자극적이지 않고 은은한 맛을 추구한다는 점에서 그렇다. 다른 점도 있다. 평양냉면은 지금 대세인 반면 라디오는 그렇지 못하다는 거다. 적시해서 말하자면 라디오는 레드 오션이 되어버린 지 오래다.

속칭 '음악 좀 앞서 듣는다'고 자부하는 마니아들은 라디오를 떠났다. 그것도 아주 예전에 떠나버렸다. 1990년대까지만 해도 라디오를 통해 음악 정보를 얻었던 그들은 이제 훨씬 다채로운 매체를 통해 더욱 풍성한 정보를 '거의 실시간'으로 업데이트한다.

이렇게 주 단위, 하루 단위, 이제는 시간 단위로 급변하는 환경 속에서 라디오는 속수무책일 수밖에 없다. 기본적으로 2000년대 이후의 라디오는 속도 경쟁 사회에서 일종의 안티테제로 작용해온 까닭이다. 괜히 라디오 청취자들이 사연을 보내면서 '휴식' '위로' '(예전 음악이 최고라는 고정관념에 뿌리를 둔) 명곡' 등의 단어를 많이 사용하는 게 아니다.

대체 원인은 무엇이었을까. 시대가 너무 빨리 변했던 것일까. 라디오가 그 흐름에 맞추지 못한 걸까. 닭이 먼저인지 달걀이 먼저인지를 논의하기엔 이미 시간이 너무 많이 흘러버렸다고 생각한다. 그러니까, 과거의 이유를 캐내는 것에 집착하기보다는 현재를 진단하고 이를 바탕으로 미래의 전망을 기획하고 경영하는 게 현명한 태도일 터다.

형세를 드라마틱하게 뒤집을 수 있는 치트키는 없다는 걸 라디오 종사자들도 알고 있다. 그렇다면 활로는 대체 어디에 존재하는 걸까.

결론부터 말하자면 앞으로 라디오에서 디스크자키의 존재감은 더욱 중요해질 것이다. 그래. 맞다. 디제이다. 그 어떤 환경 속에서도 자기만의 매력을 전달할 수 있는 퍼스널리티를 지닌 디제이 말이다.

가까이에 있는 배철수 디제이를 예로 들어본다. 지금도 가끔씩 청취자에게 "까칠하다."며 불만을 듣기도 하는 그는 아예 이걸 자신의 개성으로 삼아 30년 넘는 역사를 써내려왔다. BBC에서의 생방송 준비를 위해 사전 답사하던 중 건물의 오래된 시설과 턱없이 부족한 데이터베이스를 둘러보면서 진심 이렇게 생각했던 걸 기억한다.

'배철수 선배님이니까 어떻게든 되겠지.'

믿는 자에게 복이 있다고 했던가. 나의 믿음은 그대로 보답받아 어떻게든 잘 돼서 전 스태프가 방송 잘 마치고, 무사히 한국으로 돌아왔다.

아, 우리 제발 서로 솔직해지자. 대체 언제까지 라디오에서 '듣기 달콤하고 좋은 말'만 들으려 할 건가. 까칠하지만 필요할 땐 매력적인, 츤데레 같은 그런 디제이가 더 끌리지 않나. 대체 언제까지 『아프니까 청춘이다』의 유사 버전을 들으며 자기 위로의 영역에만 머물러야 하는 건지 모르겠다. 이게 다 우리 사회가 '힐링'을 필요 이상으로 과하게 강조해온 결과요, 역풍이다. 정작 휴가는 1년에 달랑 일주일주면서 말이다.

BBC에 다녀온 후 어느 날 〈이서진의 뉴욕뉴욕〉을 보면서 이런 글을 페이스북에 썼다. "가벼운 게 좋다. 짧게 치고, 킥킥거리게 만들어주고, 최대한 자연스럽게 뚝 하고 끊기는 것. 그리고 역시나 자연스럽게 이어지는 것. 이런 흐름을 완성하기 위해 필요한 첫 번째 조건은 '매력적으로 불친절해야 한다'는 거다." 이 글을 쓰면서 나는 저 흐름만큼이나 자연스럽게 배철수 디제이를 떠올렸다.

음악이 나온다. 디제이가 말한다. 청취자의 사연에 공감하기도 하지만 '아니다' 싶은 경우, 반론을 제기하는 데 주저함이라곤 없다. 다시 음악이 나온다. 디제이가 이어서 말한다. 이번엔 잔잔한 아재 유머의 시간이다. 청취자의 킥킥대는 메시지가 문자창을 가득 채운다.

〈배철수의 음악캠프〉 하루 두 시간 방송에 원고는 달랑 세 장뿐이다. 금과옥조 같은 원고이지만 거의 단편소설급 분량의 원고를 매일 받는 디제이와는 차원이 다르다. 솔직히 1980년대 무대 위에 서 있던 그보다 라디오 콘솔 앞에 앉아 있을 때의 그가 훨씬 멋있다. 물론 내 기준이다. 소원컨대 이 근사한 디제이와 오래오래 함께 일하고 싶다. 꼭 그러고 싶다.

혼자일 때 더욱 충만하게

이번에는 약간 냉정하게 말해볼까. 라디오 팀이 아무리 가족 같다고 하더라도 진짜 가족은 아니다. 항상 식사를 같이할 수는 없다. 서로 시간이 안 맞으면 혼밥을 할 때도 꽤 있다. 심지어 지금은 이른바 혼밥의 시대다. 식사 시간에 잠깐만 주위를 돌아봐도 혼밥하는 사람을 어렵지 않게 볼 수 있다.

몇 년 전부터 혼밥 시대가 본격화되자, 밥은 함께 먹는 것이고 혼밥은 장려할 만한 게 아니라고 하던 누군가가 떠오른다. 그는 "(사회적) 자폐"라는 과격한 언사까지 동원하면서까지 혼밥 문화를 비판했다. 나는 소셜 미디어를 통해 혼밥에 대해 타박하는 그 사람을 타박한 적이 있다. 비판이야 할 수 있다 해도 목표를 잘못 설정했다는 판단에서였다. 설령 혼밥이 잘못된 거라 치더라도 문제는 혼밥하는 사람이 아니다. 혼밥을 할 수밖에 없게끔 만드는 사회 구조가 잘못된 것이다.

우리는 누군가 왕따를 당한다고 해서 그 사람을 탓하지 않는다. 왕따를 주도하는 그 주변이 잘못되었다고 지적하는 게 순리다. 자폐라는 수식도 그렇다. 이건 뭐로 보나 명백히 장애인을 차별하는 용어다. 나도 언어가 곧 타격임을 모르지 않는다. 언어는 인식의 보트를 뒤흔들고, 더 나아가 왜곡된 세계에 충격을 던져줄 수 있다. 하지만 저런 식으로는 아니다. 교조적인 언어로 건져 올릴 수 있는 건 이 세상에 아무것도 없다.

나는 사회적으로 고립되지 않았다. 친구가 별로 없긴 해도 그 정도는 아니다. 그런데도 혼밥을 매우 즐긴다. 심지어 혼밥하는 콘셉트로 방송까지 출연해서 평양냉면을 맛있게 먹은 적도 있다. 일산에 위치한 양각도 본점에서였다. 혼밥의 가장 큰 장점, 음식(그러니까 평양냉면)을 음미할 수 있는 가능성이 높아진다는 데 있다. 자폐 운운한 그 사람도 이것까지 부정할 수는 없을 것이다.

평양냉면을 주문한 뒤에 면수 혹은 육수가 나오면 그윽한 눈빛으로 먼저 바라본다. 이를테면 이것은 내 기대감을 한껏 증폭해줄 애피타이저다. 몇 모금 마시고 있다 보면 냉면이 나온다. 식초나 겨자를 뿌려도 괜찮지만 나는 선호하지 않는다. 치아에 별 문제 없으므로 가위도 필요 없다. 국물을 먼저 쭉 들이켠 뒤에 면을 천천히 목구멍으로 밀어 넣는다. 조급할 이유는 조금도 없다. 나는 지금 경건하게 나만의 냉면식(式)을 치르는 중이니까.

이렇듯 한껏 엄숙한 자세로, 마치 구도하듯 홀로 경험했던 수많은 평양냉면이 있다. 반면 친구, 가족, 동료들과 함께 왁자지껄 먹었던 평양냉면도 물론 있다.

돌이켜보건대 평양냉면은, 아니 음식은 음악과 참 비슷한 지점이 있구나 싶다. 음악의 경우, 방구석 1열에서 각 잡고 감상해도 충분하다. 당연하다. 한데 또 음악은 '함께' 듣는 사람이 누구냐에 따라, 또 '어디'에서 듣느냐에 따라 결이 다른 감동을 주기도 한다.

그리하여 어떤 음악은 혼자 들었을 때와 '같지만 다른' 음악이 된다. 나는 지금도 내가 사랑하는 사람들과 음악 바 같은 곳에서 함께 들었던 몇몇 곡과 그 풍경을 잊지 못한다. 생판 모르는 타인과 몸 부딪치며 환상적인 라이브 공연을 만끽했던 그때 그 시절을 그리워한다.

그러니까 코로나야, 이제 그만 좀 지구를 떠나려무나. 저녁으로 봉피양 방이점에서 평양냉면 든든하게 때리고, 올림픽공원 경기장에 공연 보러 가고 싶다.

좋아해도 좋아해도 끝내 모를

여기까지 읽어주신 분이 계시다니, 정말 감사하다. 마침내 엔드게임이다. 근래에도 서울에만 새로운 평양냉면집이 여럿 생겼다. 지방까지 합치면 '무수하다'라는 수식이 무색하지 않을 수준이다. 평양냉면은 지금도 대세다. 가격 관련 논쟁 역시 대세가 아니라면 촉발되지 않았을 것이다. 내가 정성 들여 쓴 음악 칼럼에는 댓글이 거의 없지만 유명인 관련 기사에는 선플이든 악플이든 많이 달리는 것과 같은 이치다.

내가 가보지 못한 평양냉면집이 인간적으로 너무 많다. 평양냉면을 어떻게 만드는지도 자세히 알지 못한다. 고작 이런 주제에 아는 체하고 싶지 않아서 이 책을 썼다. 내가 말할 수 있는 것에 대해서만 말하려고 했는데 이게 성공적이었는지는 글쎄, 내가 판단할 수 있는 영역은 아닐 것이다.

비단 평양냉면만은 아니다. 젊은 시절에는 누군가 내게 어떤 음악을 물어보면 그 음악을 다 알고 있어야 한다는 압박감 같은 게 있었다. 모르면서 아는 체하느라고 진땀을 너무 뺐다. 더 이상 나는 그러지 않는다. 모르면 모른다고 하고, 알고 있다면 최선을 다해 설명하려 노력한다. "(과학에서의) 무지란 긁어주기를 바라는 가려움증 같은 것이며, (종교에서의 무지는) 뻔뻔하게 뭔가를 지어내어 없애버려야 할 것이다." 영국의 진화생물학자 리처드 도킨스의 말은 평양냉면에서도, 음식에서도, 음악에서도, 나아가 인생에서도 제법 유효하다.

더 이상 "내가 평양냉면 좀 알지."라고 자부하지 않는다. 그렇게 떠들고 다녔던 과거의 나를 반성한다. 이런 지 꽤 됐다. 하기야 음악도 내가 모르는 음악투성이인데 전문 분야도 아닌 평양냉면은 더하면 더했지 덜하지는 않을 것이다.

언제나 명심하는 게 있다. 진정한 놀라움은 내가 몰랐던 것을 알게 되었을 때보다 내가 잘 안다고 확신하고 있던 걸 실은 잘 모르고 있었다는 깨달음 속에서 찾아온다는 점이다. 나는 기본적으로 '호기심 천국'이다. 내게 재능이 하나 있다면, 그 대상이 낯익은 것이든 낯선 것이든 호의를 발휘할 줄 안다는 점, 달랑 이거 하나뿐이다. 모르는 게 너무 많아서 여전히 즐겁고, 모르는 게 너무 많아서 때로는 등골이 서늘하다.

평양냉면이 그렇다. 그리고 사실 모든 음식이 그렇다. 음악이라고 다를 리 없다. 나라는 사람? 내가 살아온 인생? 죽는 그 순간까지도 나에게 남는 건 마침표가 아닌 물음표이리라. 부디 그러기를 바란다.

이 책에 언급된 평양냉면 식당

광화문국밥

서울 중구 세종대로21길 53 T 02-738-5688

능라도

경기 성남시 분당구 산운로32번길 12 T 031-781-3989

능라도

서울 마포구 마포대로 25 대농빌딩 T 02-717-0304

달고나

서울 마포구 망원로3길 30 1층 T 02-324-2123

배꼽집

서울 마포구 월드컵북로54길 17 DMC T 02-304-9293

봉피양

서울 송파구 양재대로71길 1-4 T 02-415-5527

부원면옥

서울 중구 남대문시장4길 41-6 부원상가 2층 T 02-753-7728

서경도락

서울 마포구 삼개로 21 근신제2별관 T 0507-1371-1092

서북면옥

서울 광진구 자양로 199-1 T 02-457-8319

양각도

서울 마포구 매봉산로 80 PARKM 204호 T 02-304-9913

양각도

경기 고양시 일산동구 강송로74번길 8-6 T 031-923-9913

우래옥

서울 중구 창경궁로 62-29 T 02-2265-0151

을밀대

서울 마포구 숭문길 24 T 02-717-1922

을지면옥

서울 중구 충무로14길 2-1 T 02-2266-7052

진미평양냉면

서울 강남구 학동로 305-3 T 02-515-3469

평양면옥

경기 의정부시 평화로439번길 7 T 031-877-2282

평양면옥

경기 하남시 미사대로 750 스타필드 1층 T 031-8072-8282

평양면옥

서울 중구 장충단로 207 T 02-2267-7784

평양면옥

서울 강남구 논현로150길 6 T 02-549-5378

평양면옥

서울 중구 소공로 63 신세계백화점 본관 5층 T 02-310-1632

피양옥

서울 강남구 삼성로133길 14 T 02-545-9311

필동면옥

서울 중구 서애로 26 T 02-2266-2611

한우 다이닝 울릉

서울 서초구 서운로 135 T 0507-1377-1189

010

평양냉면

처음이라 그래
며칠 뒤엔 괜찮아져

1판 1쇄 펴냄 2021년 7월 28일
1판 2쇄 펴냄 2023년 6월 30일

지은이 배순탁

편집 김지향 황유라 정예슬
교정교열 안강휘
디자인 박연미
일러스트 최진영
미술 이미화 김낙훈 한나은 김혜수
마케팅 정대용 허진호 김채훈 홍수현 이지원 이지혜 이호정
홍보 이시윤 윤영우
저작권 남유선 김다정 송지영
제작 임지헌 김한수 임수아 권순택
관리 박경희 김도희 김지현

펴낸이 박상준
펴낸곳 세미콜론
출판등록 1997. 3. 24. (제16-1444호)
06027 서울특별시 강남구 도산대로1길 62
대표전화 515-2000
팩시밀리 515-2007
편집부 517-4263
팩시밀리 515-2329

ISBN
979-11-91187-50-2 03810

세미콜론은 민음사 출판그룹의
만화·예술·라이프스타일 브랜드입니다.
www.semicolon.co.kr

트위터 semicolon_books
인스타그램 semicolon.books
페이스북 SemicolonBooks
유튜브 세미콜론TV